全民微阅读系列

会飞的小花帽

HUI FEI DE XIAOHUAMAO

刘殿学 著

江西高校出版社
JIANGXI UNIVERSITIES AND COLLEGES PRESS

图书在版编目（CIP）数据

会飞的小花帽 / 刘殿学著. — 南昌：江西高校出版社，2017.11（2021.1重印）
（全民微阅读系列）
ISBN 978-7-5493-5034-6

Ⅰ.①会… Ⅱ.①刘… Ⅲ.①小小说—小说集—中国—当代 Ⅳ.① I247.82

中国版本图书馆 CIP 数据核字（2017）第 017605 号

出 版 发 行	江西高校出版社
社　　　址	江西省南昌市洪都北大道96号
总编室电话	（0791）88504319
销 售 电 话	（0791）88592590
网　　　址	www.juacp.com
印　　　刷	永清县晔盛亚胶印有限公司
经　　　销	全国新华书店
开　　　本	700mm×1000mm 1/16
印　　　张	14
字　　　数	160千字
版　　　次	2017年11月第1版 2021年1月第2次印刷
书　　　号	ISBN 978-7-5493-5034-6
定　　　价	45.00元

赣版权登字 -07-2017-44

版权所有　侵权必究

图书若有印装问题，请随时向本社印制部（0791-88513257）退换

目录

第一辑　反腐倡廉类 / 1

有关部门 / 1
炸碑 / 4
红棺黑棺 / 6
墨宝 / 8
请你给我擦一回皮鞋 / 9
丰碑 / 11
茶圣 / 13
测廉仪 / 16
一步之差 / 18
好大一棵树 / 19
土耳其浴女 / 22
校长办公室的爆炸 / 24
干掉自己 / 28
多走了几步路 / 30
书记他爹 / 32
手殇 / 34
你别乱来 / 36
我找马局长 / 38
级别 / 39
"蔡一针" / 41
献字 / 46
红殇 / 48
在家吃顿饭 / 50
昙花一现 / 53
纸科长 / 55
传达精神 / 57
死账 / 59

考察 / 61
村长与村师 / 66

第二辑　幽默讽趣类 / 70

医怪 / 70
穆罕默德大叔 / 76
钉子与蜻蜓 / 78
车儿呀，你慢些走 / 80
请出示你的身份证 / 82
我的朋友在杭城 / 84
飞的小花帽 / 86
听话听音 / 88
小毛驴进城 / 90
圣伯纳之死 / 91
历史文物 / 93
地球仪 / 95
红车的故事 / 97
二月里来 / 102
拉锁 / 104
房价一元钱 / 106
处方与炮弹 / 108
胖姨 / 110
第一百万个 / 112
红雨伞 / 113

第三辑　家庭生活类 / 116

春天里，生命的色彩 / 116
不要忽略与儿子相处 / 121
给你两巴掌 / 123
墓碑取款机 / 125
生命风景 / 127
摄影大师王有泉 / 130
一个人的车站 / 132

母亲 / 137
莫道伤心时 / 139
寻夫记 / 140
想当年 / 143
寻求女人 / 144
又是一个圆月 / 145
一次南方游 / 147
都怨当初 / 149
家有小儿 / 153
妈，我抱你 / 155
今天星期五 / 157
妈妈的一抔土 / 160
相信儿子 / 162
大布娃娃 / 164
妈妈你别离开 / 167
血汗钱 / 172

第四辑　社会生活类 / 175

一桶水 / 175
人之初 / 178
哀惋的琴声 / 180
动人的谎言 / 181
总统间 / 186
歌殇 / 190
乡下人 / 194
古老的麻雀 / 196
民警的妻子 / 198
永恒的爱 / 200
一种惆怅 / 204
报酬 / 206
会拉压脖子琴的老师 / 207
练钢琴的小女孩 / 212
收购作家 / 214

第一辑　反腐倡廉类

反腐倡廉是一个老话题，当前仍然是干部队伍建设的一项重要的任务。也有人说，干部是越反越贪，已经没有多少好干部。这话不全面，世上好人多，干部也是好的多，否则中国革命怎么会成功呢？我们是不是要做两方面的工作？在反腐败同时也要提倡廉政，一方面批评坏典型，一方面树立正面形象。

有关部门

"有关部门"这四个字几乎成了大众的口头语，也成了有些干部推诿的挡箭牌。看看这位老大爷进政府机关的遭遇。

今天一早，三豁爹又来了。

看门的小伙子不让进，办公室留话，豁嘴老头再来，别让他进楼。

三豁爹急得跳起来骂看门小伙子："不让爷进？你们江山坐的谁人的？不是你爷八年打日本，四年打老蒋，炮弹把嘴炸成这样，你在这里坐得成吗？你爷今天要来找有关部门解决有关问题，又不炸楼，日你奶奶的为啥不让进？"

看门小伙挨了一通骂，就走进警卫室去，打电话请示办公室主任。看门小伙放下电话，大声说："进去吧，别嚷嚷！"

会飞的小花帽

"进去吧,这楼上楼下十几层,你爷进去知道往哪找?有关部门在几楼,你就不能多说一句?你那嘴,长着不对群众说话,就知道吃饭呀?"三豁爹举着手里的纸嚷着。

看门小伙子只好走出来,拿过三豁爹手里的破纸,看看,是一张折得像手纸的低保报告,上面有原市长钱友祥的亲笔批示:请有关部门协调处理老同志的有关问题。这有关部门,肯定是指民政局或残协之类。民政局和残协,早已经搬出去办公,这老头瞎子一样,还凶,就像抗过日的人,都成焦大爷了。于是,很不负责任地手一指:"在8楼,爬吧!今天电梯没电。"

电梯有电,三豁爹也不知道啥叫电梯,就沿着楼梯,一级一级往上爬,爬得一身透汗,才爬到8楼,喘得说不出话,抱着栏杆,问坐在对门办公室里的一个小姑娘干部:"丫、丫头,有关部门在、在哪屋?"

小姑娘听不懂四川话,瞪起两只描得黑绿黑绿的大眼睛,问:"你说什么呀?什么哪屋哪屋?"

"有,有关部门在哪屋?"

"什么有关部门?你到底要找哪个部门嘛,这大楼里两百多个部门呢。"

"不,我只找有关部门解决我的有关问题,你们在楼里做事的,都不知道有关部门吗?"

小姑娘摇摇头,不想再跟这老头说话,一边关门,一边重重地说:"我不知道,你到下边去问吧。"

三豁爹又沿着楼梯往下走。走到6楼,看见一扇门上贴着张白纸,上边有4个黑字:随手关门。前边那三个字不认识,后边的那个字,一横两竖,立在那儿,就像他家刚做好的杉木门框一样,门角上也有个小"门铃"。大概这就是有关部门吧?进去以后,觉得办公室里很暖和。里边坐着4个人，两男两女，正在悄悄地说话打牌，一见来了个豁嘴老头，就都停住看着他。

三豁爹问："这是有关部门吗？"

4个人都不说话。过了一会儿，一个年长一点的男干部问："你要找谁？"

"有关部门。"

"哪个有关部门？我们都是有关部门，我们又都不是有关部门。有你这么问地方的吗？"

三豁爹一听，倒觉得这人说话像人话，到底是年岁大一点的管些事。手抖抖地，拿出那报告，说："请你同志哥看看，市长叫我找有关部门解决我的有关问题，我都找了两年了，才算找到你们！"

那男干部停住抓牌，接过报告一看，很果断地说："嗨！这个市长早提到省里去了！既然当时市长批了享受低保，你咋不找民政去？他们才是你要找的有关部门，你跑我们这里来干吗？我们是管精神文明的，谁管你这事？"

"民政在几楼？"三豁爹好像听懂了。

"他们不在这座楼里，在外边。"

"在外边！？"

三豁爹又从6楼下到1楼。

经过门卫，看门小伙窃笑。问："豁老头，找到有关部门了么？"

"找到了，在外面。"三豁爹看也不看看门小伙，信心十足，走出大厅，去找有关部门，解决他的有关问题。

炸　碑

一名学员干部下村里扶贫,把一个穷村扶起来了,老百姓给他树碑,他却要炸掉,这是为什么?

枸杞村穷!穷得跑出条狗来都夹着尾巴。

县扶贫领导小组派刘福根去蹲点。抓农业的副县长,农村熟。刘福根到了枸杞村,问这个村咋叫枸杞村,村民们说,这地方,过去野枸杞丛生。后来学大寨,削山铲坡,野枸杞不见了,村名还在。于是,刘福根灵机一动,便在枸杞上打主意。刘福根有个亲戚在新疆精河县,精河县是全国有名的枸杞县,很多人都靠种枸杞发了财。刘福根就来到精河县请枸杞师傅教枸杞村的农民种枸杞。结出来红枸杞奶子,跟小番茄似的,晒成枸杞干,拿到市场上去卖,一斤枸杞干能卖上十几斤玉米的价钱。

于是,一家看一家,家家种。枸杞种多了,刘福根又想到枸杞制品,高薪从新疆精河县请来技术人员,办起枸杞加工厂、枸杞贸易公司。三年不到,一个穷得叮当响的枸杞村,变成全县有名的小康村,村里修了公路,买了汽车,村民们家家盖起了新房。

三年后,刘福根扶起了枸杞村,要回县里。

送刘福根走的那天,全村老老少少自动集中起来,敲锣打鼓,为刘福根送行。一家一家的鞭炮接起来,从枸杞村一直接到312国道。大家哭着拽着,不让刘福根上车。刘福根两只手被拽得生疼,眼泪一滴一滴往下掉。嘴里不住地说,这是共产党应该为咱老百姓做的事,大家请回吧!

第一辑　反腐倡廉类

没人肯回，八十五岁的刘清元老人，叫孙子扶着，颤颤巍巍地走到刘福根跟前，双膝往地上一跪："共产党的好官哪！枸杞村托你福啊福根兄弟！你走了，可要把根留在枸杞村哪！"

刘福根也连忙双膝跪地："大爷您请起！咱俩都姓刘，一笔写不出两个刘字，您就好比是我的父亲！放心吧您老，我走了，根，永远留在枸杞村！"

刘福根的汽车缓缓开动……

拉着刘福根手的手还是舍不得松开。

刘福根只好又一次走下汽车，向大家告别。

车开得很慢，刘福根的心里却翻江倒海！现在一个共产党的干部，为老百姓做了一点好事，老百姓就如此感恩戴德，正常吗？从前，那么多共产党人出生入死，又为谁？这到底是由于我们现在疏远了老百姓，还是老百姓疏远了我们？

刘福根回到县政府不久，一天，枸杞村派代表到县城来，说请刘福根到枸杞村剪彩，剪什么彩，没说。

这天一大早，刘福根的小汽车，就开到了枸杞村村委会大楼门口。

村支书一见刘县长来了，就插上喇叭讲话："各村民小组请注意，刘县长已经到了，请大家迅速到公司楼门前集中！"

不一会儿，红枸杞联合公司楼门前，就聚满了人。

村支书讲话："今天，我们邀请刘县长为这块纪念碑剪彩，大家欢迎！"

刘副县长很高兴，走上前去，拿走剪刀一剪，那块蒙在碑上的大红绸，就徐徐飘落下来。碑堂里立即露出五个金光闪闪的大字：恩官刘福根！

刘福根一看，脸，刷地一冷："这是谁的主意？嗯？谁的主意？难道这就是一个共产党员的先进性吗？啊？"他放下剪刀，缓了缓情绪，转身对大家深深鞠了一躬。然后说："乡亲们的感情，我刘福根深领了！可这碑，不能留！留了它，我就不是共产党的干部了！我刘福根从来说话算话，你们谁来劝我，我就处分谁。你们要是不把这块碑给我炸了，从此，我再不会踏进枸杞村半步！"刘福根指着旁边的那堆鞭炮，对村支书说，"这堆鞭炮先不要放，你们在碑下凿个洞，把鞭炮填进去，炸掉它！"

村支书霎时眼泪就流下来了，望着刘副县长。

刘福根瞪起眼，命令道："你是党员吗？嗯？炸掉它！否则，我先撤了你！"

红棺黑棺

红棺黑棺，咋一看，是普通的棺木，如果把"木"字去掉呢？

罗幺爹该死了，岁数超过了阎王爷给的本寿两倍多，今年八十六。

前天，叫小虎把他那小木屋抬出来刷刷灰，照照阳光。

这小木屋是十年前做下的。那阵子，老爷子常闹病，小虎就说，把爷爷的寿材做起来，撞撞喜。谁知，这一撞，还真的把老爷子给撞下来了，病一好，腰不疼，腿不酸，能吃能睡。老爷子也乐，日鬼！阎王老爷那边做事的怕也是郎当儿多，八成是把他的事给弄忘了。

罗幺爹拄着拐棍，看小虎给他刷寿材。

小虎是个孝顺的孙子，这次，特地请人从广州那边买来3A国漆，给爷爷刷寿材。国漆刷起来，就是不一样，黑，亮。爷爷看了，心里好喜欢。漆没干，就趴到上面看，看见自己的影子，清清楚楚，照在里面。

小木屋刷好后，放在外边风干。

一直风了三天。正要往棚子里收拾，晚上，村长田贵摸黑走过来，悄悄把小虎叫到外边，吃吃地说："虎，虎子，跟，跟你商量件事呐。"

"啥事？"

"……跟你直说吧。嗯，是，是乡长叫我来的——他爹下午咽气了。老头子本来是有口棺木，几年前就做好了，可乡长嫌不好，红的，不，不好看。说，老爷子辛苦了一辈子，而今生活富裕了，临走，给老爷子也打扮得好看些。他说他看见你前天给你爷爷刷的那口黑棺不错，想借用一下。叫我来给你说。事后，再做了还，还你爷爷。"

小虎听了，好一会才说话："田叔，这事，你得跟我爷爷说才行。"

"不。乡，乡长说，这事，最好不要让你爷爷知道，知道了，反，反而不好弄。明天早上，天不亮，来人抬。等过了事，乡长再做口新的还过来。这样不声不响地处理了，你爷爷也不知道。"

"哎呀田叔，这怕不行。"

"啥，啥行不行？乡长一年到头为大家伙做事，就这么点小事找你，你，你还说不行？"

虎子不说话。

第二天，天没亮，四五个大汉，拿着杠子绳子，轻手轻脚地进了罗家院。收拾收拾，不声不响，就将黑棺抬走了。

这口黑棺，确实是口好棺，色质太好了！是老幺头在林场工作的女婿，托人买的一棵印度红松做的。再加上放在家里阴了十来年，又刚刷了国漆，四个大汉抬上肩，就觉得贼沉贼沉的，脚下光打飘，走不上步子。等抬到乡长家门口，四个人，一个个光张着嘴出粗气。

乡长一看，这口棺真是太出色了！总算对得起老爷子。心里一高兴，就去掀棺盖，想试试重。不料，棺盖刚一抬高，只听乡长"啊！"

的一声大叫，倒在地上，口吐白沫，不省人事。

一家人吓得连忙围上来，往棺材里一看：罗幺爹瞪着眼，直直地躺在里面。头边还歪着个乐果瓶儿。

墨　宝

名作能留下墨宝，多少年后，价值连城。看看马教授留下的是什么？

马凌斋老先生，今天终于如愿以偿，想了多年的《郑板桥全套书画》线装本，已经到货。书店的电话，说得很客气，问，马老先生自己来买，还是书店送。

马老先生想，书店送，可能要多花几十块钱，还是自己去一趟罢。马老先生动员老伴一起去，十几本书是有些重量的。两个老人，先到银行取了钱，就来到书店。

书店经理很热情，马上从书架后边一套一套把书搬出来，堆在柜台上，用计算器一本一本地加书钱，全加起来，一共1445元。书店经理说，外加55元手续费，总共1500元，整数。

马老先生吓了一跳，这么贵！订书时，才说800元，怎么就翻了一番？他身上的钱，连本带利还不到1200元，还差出这么多！这可怎办？马老先生光拿起书来看。

书，是本好书，是由上海古籍书馆会同香港、澳门出版界联合编印的，虽然不是什么孤本绝本，但在大陆上，也只有几所重点高校的几个学者才有。马老先生应邀为这套书题写书名，才有资格分得一套。没想到，书却是这个价，倒弄得他割舍两难。马老先生"望书兴叹"了好一会，囊中羞涩，咋掏，也掏不全1500元。

书店经理笑笑说，这才差几个钱？你这个大书法家给他们写书名，他们也该给你稿费呀，这一笔钱也不少吧？

马老先生摇摇头："那才几十块钱！可怜得很。"

老伴说："算了吧，下次有钱再买吧。"

书店经理马上接过去说："马老先生，这书，你若不想要的话，就让给我，我处理了，给你提成，怎么样？"

马凌斋知道，这套书一转手，黑市要卖到两三千。于是，他对书店经理说："你替我先放几天，好不好？下月发工资，再来拿。"

书店经理立即说："那可能不行，要是市里哪个领导知道了，他要，我能不给？我看这样，差几百块钱嘛，我们书店也不要了，请马老先生给我们写几个字，好不好？"

马老先生不语。

他老伴说："哎！写就写吧。"

马老先生仍不语。

书店经理就叫人去拿来一支一号大斗，一张整宣，他一边研墨，一边说："随你写什么，只要有你老人家的墨宝就行。"

马老先生无奈地拿起笔。笔在手里只是抖动，怎么也写不下字。他忿然将笔一扔，从老伴手上摘下那块小金表，说："这是我女婿上月从瑞士买来的，先押着，下月来还你钱。"

请你给我擦一回皮鞋

一位有头有脸的国家干部，给一个摆鞋摊的小伙擦皮鞋，怪不？看看原委。

会飞的小花帽

她今天办公室有事，打手机叫他去学校接儿子。

他开车来到学校门口，看看放学还有点时间，就坐到旁边的鞋摊上，跷起脚："擦下鞋。"

擦皮鞋的乡下小伙儿，二十没出头，看到前面小凳子上跷起脚的这位，眉清目秀，挺帅，肯定是个官，手里的活就做得特别卖力，"嚓！嚓！"几下一哗啦，原来那灰头土脸的皮鞋，很快就能照见人影。

一只鞋没擦完，下课铃声响起。

一个小男孩背着书包很熟悉地跑到他跟前，"爸爸，今天你来接我吗？"

他说："嗯。今天考试了？"

"嗯。"

"考得怎样，儿子？"

儿子马上撅起嘴："可能不怎样，题没做完，老师就收卷了。"

他一听，有点不高兴："别的同学能做完，你咋不能？"

儿子无话可说。

他接着说："哎，我可告诉你，要好好学，将来考上大学才能有出息，知道吧？你老爸没个大学文凭，今天能有官当？能有车开吗？"

儿子无话可说。

"现在社会竞争这么激烈，不好好学习能行吗？我可告诉你，你再不好好学，长大只能摆鞋摊擦皮鞋。你看看，这个小哥哥擦皮鞋多辛苦！"

儿子无话可说。

他不想再说了，给擦皮鞋小伙付了钱，拉过儿子上车。

车开到十里桥街，手机响。

他一手开车，一手拿来手机："喂，谁呀？"

第一辑　反腐倡廉类

"我是刚才给你擦皮鞋的。叔，你丢东西了吗？"

他一凝神——天！包忘了拿了！包里有现金，还有银行卡、名片什么的……他立即调转车头往回开。开到擦皮鞋的小伙摊前，推开车窗："谢谢您！看我刚才只顾跟儿子说话了！"

那擦皮鞋的小伙并不想马上把包递给他。看看他的名片，说："叔，你在城建局当局长啊？"

"对。"

小伙看了看手里的照片又说："叔，跟你一起拍照片的这女子好像不是阿姨吧？阿姨我认识，她天天来学校接孩子。"

他一听，脸红了，走下车来，说："我亲戚嘛！包，给我吧。"

小伙不紧不慢地说："包，给你肯定没问题。不过，这张照片我留给阿姨看看，看她认不认识这女的。"

他不耐烦了："行了行了！给你100块钱！包拿来吧！"

小伙摇摇头："乡下人见过钱，就是没见过这么好看的女人。"

他更烦："好了好了！给你两百！"

小伙想想，说："那好吧。这两百，就算是擦皮鞋的工钱——请你给我擦回皮鞋。"小伙抓着照片，把脚伸过来。

他一摔车门，走下车来。

丰　碑

丰碑应该树立在地上，这位许铁山却把丰碑树在自己身上！

老许许铁山吃早饭时，接到一个电话，电话里称，一个叫王阿江的人，最近要来拜访。

会飞的小花帽

老许想了半天，也想不起来，哪个叫王阿江？他为什么要来拜访我？……噢，想起来了，大约是飞天公司的那个姓王的小伙子。三年前，因涉嫌一起制假案，判了三年。是不是刑满了？刑满释放，他为什么要来拜访我这个老头？

老许今年58岁，因身体原因，提前从刑警大队退了下来，在家闲了一个多月，还是第一次有人上门来拜访。

下午，儿子刚上班去，接着就有人敲门。老许先开开内门，铁门外站着一个不认识的年轻人。

"你找谁？"老许问。

"就找你。"那年轻人随口说。

"找我？有事吗？"

"咱们进去谈。"

老许认真对那小伙看了看，说："你叫什么名字？我好像在哪见过你？"

"三年前，你当刑警队长的时候。"

老许一想，说："你是飞天公司的王阿江，对不对？"

"对。"你把门开一下，咱们谈谈。

老许看看王阿江的脸色，觉得来者有些不善，想回避，不让他进来。看看再没其他人，一对一，还能对付，就让他进来。既然人家来"拜访"，哪有不让进屋之礼。

王阿江一进屋，就自己坐到沙发里，脸在发烧。看得出，心里有些虚。

老许说："怎么样？啥时出来的？"

考虑了好一会，王阿江才说："别问我啥时出来的，你应该问我咋进去的。其实，你许铁山也知道，这三年牢，我王阿江可坐，也可不坐，对不对？"

"不对。"许铁山斩钉截铁地打断了王阿江的话:"如果这么说,那就是对法律的一种亵渎。你在那次造假致人死亡的命案中,虽然不是主犯,但你起到了助长犯罪的作用,判你三年,我认为法律是公正的。"

"公正个屁,"王阿江很凶,一下从沙发里跳起来,"当时,要不是你许铁山,可以说,我王阿江也没有这三年牢坐,女朋友也不会跟我吹。别人也不会这么看不起我!好了!"他说着,从腰里拔出刀,往小茶几上一笃,说,"姓许的,在牢里我就想好了,出来后,第一个先收拾你,赚你一条命,我就赔上一条,赚不到,也要放你的血,大不了再进……"

"住口!"没等王阿江说完,许铁山趁其不防,"当!"一脚踢掉了桌上的刀,骂道,"你这畜生!算你有狗胆!敢找到我许铁山门上来。"说着,气愤地一把撕开衬衫上五个钮扣,露出满身的伤疤。喝道,"来吧!小子,往你爷这刀印子上扎!老子当了四十年警察,身上留下一百多处伤,我怨谁去?啊?你给我说!"

王阿江一时不敢正视眼前悲壮的许铁山,腿开始发软,似乎看见许铁山身上那横一道竖一道的伤痕,仍在流血。

茶　圣

借调到机关办公的一个临时干部,坐机关三年,工作成绩没人知道,他喝茶喝出了名,成为当今大名鼎鼎的茶圣,可笑不?笑过之后,你能想到一点题外话题吗?

古时有个"茶圣"陆羽,嗜茶为命,写出三卷有关饮茶的书。

会飞的小花帽

今天也出了个"茶圣"名叫葛荣举。说起老葛喝茶的功夫，一点也不亚于陆羽。且看他这茶到底是怎么喝出来的。

那时，市机关里新设了一个办公室，"马勺子市核实检查企业平调财务领导小组办公室"，简称"核查办"，专门核实企业之间的平调账目，清算三角债。办公室没有专门编制，就从下边公司抽上来三个人，给了一间房子，挂牌办公。

企业之间的这种三角债，那是多年的计划经济平调风刮下的，他欠你的，你欠他的，扯不断，说不清，这笔混账，不是一年两年就能核好的。即便能核出来，欠账人就一句话：要钱没有，要命一条！跟谁都无法兑现。因此，"核查办"的三个人，无事可干，一天八小时，七个半小时喝茶，半小时上厕所。日子一长，"核查办"就成了名副其实的"喝茶办"。

三个人，老葛年纪最大，生来也最爱喝茶，龙井、碧螺春、铁观音、君山毛尖、红茶、绿茶、花茶都喝，而且喝得十分有学问。绿茶，喜欢用磁化杯泡。红茶，喜欢用不锈钢杯泡。花茶，则用景德镇细白瓷杯泡。规定好了的，每天都是早花，中红，晚绿。他研究过，早上一杯花茶，能开脑爽神，一整天都提神。中午一杯红茶，涮肠清胃，吃了再油腻的东西，也嗝不出一点油气来。晚上一杯绿茶，安神养脾，夜里睡得连梦都不做。

老葛也就慢慢地真的喝出了名堂，常常在一些保健养身的小报上，登出小小的品茶文章来。江南一家小报，还专门为他辟出个小小的专栏，"茶圣品茶"。

市领导看看"核查办"三个人，几年也核不出什么账来，一句话，又把"核查办"撤了。

撤了以后，老葛回到公司继续喝。他平时烟不抽，酒不沾，就是爱喝茶。

第一辑　反腐倡廉类

后来，公司倒闭了，大伙下岗没事干，老葛却意外地寻得一条生路，开茶叶店，专营茶叶，因为他太懂茶了。要开店，手里没钱，就跟小舅子借。

小舅子说，姐夫借你钱，你还不如跟我一起干嘞。赚了，四六开，赔了，算你小舅弟的。

老葛说好。

老葛虽然喝茶喝出点能耐，但生意上不如小舅弟精。小舅弟在生意场上，都混十来年了。跟老葛签了合同，就把原来的小百货店，改成了南北茶专卖店。他知道老葛这几年在机关喝茶喝出了点知名度，眼下，聪明的商家，都倾向于名人效应。赵本山说一句痢特灵，痢特灵特好卖。赵丽蓉说一句喜洋洋，喜洋洋就扬起来。小舅弟也把店名改成"老葛茶店"，直接把老葛推向市场，让他火。他也不用老葛一天八小时给他站店，叫他专门去品茶，进茶，凡是进来的茶叶，无论南茶北茶，红茶绿茶，老葛不品，不进。老葛品过的茶，说红不绿，无一假货。小茶店的生意，出奇地好。那些卖假茶骗人的小茶店，在老葛茶店的挤压下，纷纷关门。

小舅弟手里有了钱，就把店面进一步扩大，门前又做了个大灯箱。说，姐夫，我给你宣传宣传。大灯箱上，霓虹灯管绕绕的字："葛荣举茶店"。五个大字，红了东边半条街。小舅弟名义上是宣传姐夫，实质上自己赚钱。

有一天，老葛突然发现自己原来还是一笔不小的财富，与其让小舅弟开发，自己为什么不能？他就硬从小舅弟茶店分出来，自己也开了一个小店面。门头上也做了个大灯箱。灯箱上，也用霓虹灯管绕绕几个红亮的大字："茶圣葛荣举"，天一黑，红了西边半条街。

测 廉 仪

　　小伙喜爱小科研，捣腾捣腾，弄出一个"测廉仪"来，说能测出谁干净谁不干净。局长不信，可他站上去一试，红灯直闪，有了问题。

　　一天晚上，刘局长看中央电视台一个游戏节目，偶尔看见一种叫测谎仪的玩意儿，觉得特有意思。被测者往铁板上一站，手触到那个圆球，就能测出人心里的事。被测者若是不说真话，满头的头发，立马就竖起来。于是，刘局长突发奇想，咱反贪局要是能研制出类似这样的测廉仪，将高新技术应用到反腐斗争里来，那些贪污受贿案就会迎刃而解，从而会进一步促进全市的廉政建设。就问局里的电脑专家小李子，这种仪器能不能搞出来。

　　小李子没搞过，说试试。

　　经过几个月的刻苦攻关，一台全数字测廉仪研制成功。小李子很高兴，打电话告诉刘局长，说："测廉仪调试好了，可以测了。"

　　刘局长在开会。一散会，连忙赶到试验室。问："哪是测廉仪？"

　　小李子指指一边地上的小铁盒，说："就是这个。"

　　刘局长问："这玩意儿咋测？"

　　小李子说："被测者站到铁盒子上，手抓着导线，电脑就会迅速搜集被测者的各种心理数据，加以推测和判断，很快就会说出被测者是否廉洁。"

　　刘局长有点不大相信，小东西这么神？人一站上去，它就能说话？说："好，那你先测测我，看它咋说。"刘局长说着，就站到小铁盒上，手抓着导线，只见电脑上的红灯迅速闪烁。闪完就完了，小东西不表长短。刘局长等了好一会儿，它还是不开口，就着急地说，"喏，啥球玩意儿，哑巴？"

刘局长说完，抬眼往门外一看，一起来参会的城建局王局长，正好过来玩。刘局长就拉着城建局局长说："来来来，你站上来试试，看它到底会不会说话。"

城建局局长不知这是啥东西，就踮着脚站上去。

小李让他的手抓住导线。

城建局局长的手刚一触导线，电脑红灯就闪。红灯闪过，小东西清晰地说了一句："修高速公路的事，你不太清白。坦白从宽，抗拒从严！坦白从宽，抗拒从严！"

城建局局长一听，脸唰地就红了，觉得很尴尬。连忙从小铁盒上走下来，莫名其妙地讪笑着说："开玩笑哩，它跟我开玩笑哩。"

刘局长不懂数字技术到底是咋回事，就打着圆场说："闹着玩哩，闹着玩哩。它说得也不一定对呐，你别多心，让小李子调试调试，调试准了再测。反正全市部委办局的干部都要测的。"

晚上，刘局长到局里开会。刘局长太太一个人在家。一会儿，听到有人轻轻地敲门。开开门来，是城建局局长太太。

城建局局长太太一进门，悄悄地把刘局长太太拉到房间里，小声说："大妹子，咱也是老邻居了，有个事，请你帮个忙。这次市里修高速公路，包工头给了我家老头子五万块钱转承费。老头子不敢收，叫我送到反贪局来哩。"

一步之差

　　换届选举，父亲向儿子交官。儿子上任三天，给父亲带了一双高级运动鞋回来，父亲问哪来的？儿子说：别问，穿！父亲没穿，给儿子讲了个故事。来！看看这个故事。

　　今年，市里换届选举，父亲换下来了，儿子却换上去了。父亲在职时，官不大，只是人大办公室的一名副主任。儿子大学毕业，分在基层公司工作。公司搞得不错，这次差额选举，选上了副市长。

　　儿子孝顺，前天回家，给父亲捎来一双乔丹牌运动鞋。

　　父亲问："多少钱买的？"

　　儿子说："不贵，两千五。"

　　父亲一听，老半天动不了步。"不贵？两千五？！你小子！你以为你是卡恩的儿子呀？"

　　儿子说："穿呗，你还能穿几双乔丹鞋？"

　　"不穿。就是明天火化，我也不穿两千五一双的鞋。你给我趁早拿去退了。"父亲说着就坐下来脱鞋。

　　"退？上哪退去？"

　　"哪买的，那儿退去。"

　　"哎呀！退什么退？朋友送的，穿吧，爸！"

　　父亲一听，认真看着儿子："朋友送的？"脱下鞋，拿在手里，"送这双鞋的肯定不是朋友。你小子收人家礼？！"

　　父亲坐到沙发上，不慌不忙地对儿子说："你坐下，我给你讲件事。"

有一位名画家，他想画圣人耶稣。这个耶稣谁也没见过，咋画呢？于是，他就想找一个最善良、最纯洁的人，来做模特儿。有个人告诉画家说，修道院里有一位修士，挺纯洁，也善良得很，你就去画画他吧。名画家就到修道院，找到那位修士，给了那位修士许多钱，请他做模特儿。不久，一幅圣人像就画好了。

画出了圣人画，这位名画家更是名声大振。有人又对他说：世界上怎么只见圣人耶稣不见魔鬼撒旦？你应该再画出魔鬼撒旦才更好。这位名画家说，对。不过到哪里去找魔鬼这个模特儿呢？有人建议他到监狱里去试试。名画家就到一座监狱里来找模特儿。在许多犯人中，名画家一眼就看到一个最难看，最凶残，最可怕的犯人。名画家来到这个犯人跟前，对他说明来意。

那个犯人听了却放声大哭起来："画家先生，你怎么又来找我呀？你画的那个圣人就是我呀！"

这位名画家大为震惊："这怎么可能呢？你到底是谁？"

那个犯人越哭越痛心，说："画家先生，我得了你的许多酬金之后，我再也无心修道，一味地吃喝享乐。后来，你给我的钱花光了，只好去偷，去抢，去骗，去杀人……结果落得如此下场！"

父亲讲完这个故事，儿子在一边不做声，将那双乔丹鞋好好地装进鞋盒里。

好大一棵树

大树下边好乘凉，局长爸爸60大寿，看看儿女们高兴的！

会飞的小花帽

刚上班，忽然，桌上点歌热线电话就响了起来。王昕连忙过去接电话："喂，您好，请问你是哪位？有什么事需要我帮忙的吗？我是音乐主持人王昕。"

"我要点首歌。"

"好的。请问您为谁点？想点什么样的歌？"

"明天，是我爸60岁生日，我想为他点首歌。"

"好，行。你爸是干什么工作的，他平时有什么爱好，您能告诉我吗？"

"我爸一直在人事局当局长，现在已经退休了。"

"好，我知道了。小姐，请把您的姓名、地址、电话，告诉我，好吗？希望我们能成为好朋友。"

"我姓权，权力的权，权莉妤。'妤'，就是女旁这边一个给予的予。我是我爸的大女儿，我在市工商局工作。电话，8888158。我丈夫叫秦会全，他在市劳动局工作。字幕上就打我们俩的姓名地址好了。小姐，你说点什么歌给我爸合适呢？"

"点……"王昕刚要说话，另一个热线电话又打了进来。

"喂，有线台吗？"

"喂，您好，请问您是哪位？有什么事需要我帮忙的吗？我是音乐主持人王昕。"

"我要点首歌。"

"好的。请问您为谁点？想点什么歌？是点民歌，还是流行歌曲？"

"明天，是我爸60岁生日，我想为他点首歌。"

"好，行。您爸是干什么工作的，他平时有什么爱好，您能告诉我吗？"

"我爸一直在人事局当局长，现在已经退休了。"

"好，我知道了。小姐，请把您的姓名、地址、电话，告诉我，好吗？希望我们能成为好朋友。"

"我姓权，权力的权，权莉娜。'娜'，就是女这边一个那。我是我爸的二女儿。我在市税务局工作。电话，8888158。我丈夫叫都旺泉，他在市城建局工作。字幕上就打我们俩的姓名地址好了。小姐，你说点什么歌给我爸合适呢？"

"点……"王昕刚要说话，又一个热线电话打进来。

"喂，有线台吗？"

"喂，您好，请问您是哪位？有什么事需要我帮忙的吗？我是音乐主持人王昕。"

"我要点首歌。"

"好的。请问您为谁点？想点什么歌？是点民歌，还是流行歌曲？"

"明天，是我爸60岁生日，我想为他点首歌。"

"好，行。您爸是干什么工作的，他平时有什么爱好，您能告诉我吗？"

"我爸一直在人事局当局长，现在已经退休了。"

"好，我知道了。先生，请把您的姓名、地址、电话，告诉我，好吗？希望我们能成为好朋友。"

"我姓权，权力的权，权吾承。'吾'，就是一二三四五的五下边一口。我是我爸的小儿子。现在市人事局工作。电话，8888158。我女朋友名叫涂丽，她在市文体局工作。字幕上就打我们俩的姓名地址好了。小姐，你说点什么歌给我爸合适呢？"

"点……嗯……我看你们家六个人同点一首歌最合适。"

"什么歌？"

"好大一棵树。"

土耳其浴女

一个破模仿画《土耳其浴女》能赚几十万，而且还能将一个普普通通的农民工送进国家机关，这事悬乎吧？

二来琢磨多时，决定卖字画。现在，收藏尿片的人都有，设个字画小门市，肯定火。

几经折腾，一个"世界名画收藏中心"的大灯箱，就照红了半条街。

招牌一挂，就来了一位干部风派的人，问有没有好一点的画。二来说有。就到里边去拿出一幅画，问："这幅，咋样？"

那个干部风派的人看了看，说："有更好一点的吗？"

二来问，是自己收藏，还是送人。

那人也不避二来，说："最近市人大要开会。会上要任免一批干部。而今有些领导也玩收藏，说这有档次。有没有好一点的，拿出来看看。"

二来一听，说："有是有，恐怕价钱……"二来用眼瞟了一下那人的脸色。这主，大约钱赚多了，又想往官场混。

那干部风派的人又说："有，就拿出来看看。看后再说价钱。"

二来走到里边，拿出一张很旧很旧的油画，画布的边边上，都有了小虫眼眼。画上画的是一群洗澡的女人，个个都那样丰满迷人。

那干部风派的人一笑，说："都没穿衣服呀？"

二来也一笑，说："穿衣服就不值钱了。"

"什么价？"那干部风派的人想要的样子。

二来说："不用忙问价，你应该先问问这是谁的作品。"

"谁的？"

"十八世纪，法国大画家安格尔的作品，《土耳其浴女》。还有一幅更好的，是十六世纪比利时大画家佛兰德斯的代表作《劫夺吕西普女儿》。昨天被一个港商买走了。"

那干部风派的人，并不关心安格尔是谁，佛兰德斯是谁，最关心的是价钱。又问："你说吧，多少钱？"

"付美金还是人民币？美金一万。人民币八万。"

"这么贵！？"那干部风派的人，没想到一张破画，值这么多！停了一会，又说，"人民币五万，行不行？"

二来想了想，心照不宣地说："行。看你也是有特殊用途，我赔就赔点，祝你马到成功。不过，日后发达了，别忘了我这幅画。"

没隔几天，一位很洋气的夫人到二来店里，说有画要卖。二来接过画一看，这画认识，就是他一个星期前卖出去的那幅《土耳其浴女》。这画咋到了她手里？二来稍稍一琢磨，就琢磨出来了。便不屑一顾地说："你这画，也拿来卖呀？我店里都是供收藏的世界名画。你这画放这儿，看也没人看的。"

那夫人有点失望："哎呀，你看着办吧，我也不是一定要卖多少钱。也是朋友送的。你看，这群光身女人老放在家里，我担心把男人看坏了。扔了呢，又可惜。反正你是做这一行生意的嘛。"

二来一听，头也不抬地说："看你也是老实人，给一双袜子钱，留下行了。"

第二天，又有一个大分头穿西装的年轻人，到店里来问有没有好一点的画。

二来说有。问他是自己收藏，还是送人。

那个大分头穿西装的年轻人也不避二来，说："最近市里要开"人大"会，会上要任免一批干部。而今有些领导也玩收藏，说这有档次。

有好一点的，拿出来给我看看。"

二来走到里边去，很快拿出那幅已经卖过一回的《土耳其浴女》，仍以五万人民币成交。

一成交，二来马上上屋去拆下灯箱——跟文化馆老师要来的一张破模仿画，赚了十万，这儿肯定不能再呆。

校长办公室的爆炸

快上课的时候，只听"啪！"的一声，校长办公室爆炸！到底怎么回事，赶快看看去。

初三分班，我差三分，不能分到尖子班。尖子班，尖子老师，尖子学生，一切都是顶尖的。所以，不给分尖子班，就不能享受许多学习待遇，而且老师们的重视程度也不一样。每年高考，凡是考上重点大学的，都是尖子班考出来的学生，今年贴在橱窗里的上清华的文科状元，也是从初三尖子班考上高中尖子班的。

所以，不但学生自己希望上尖子班，家长也特重视。

我老爸看我只差三分而上不了尖子班，说什么也不甘心，叫我明天一同去找教导处主任，说教导处主任是他的老战友。

找教导处主任能行吗？差几分的同学多了去了，个个都去找教导处主任，那尖子班还叫尖子班吗？……哎！事已如此，我只好闭嘴，听老爸的。

第二天早上，上课前，老爸带我去教导处主任办公室。

教导处主任见了老战友倒是很客气，对我看看，便知道我们的来意，光敷衍给我们忙这忙那，就是不提及实际性问题。

第一辑　反腐倡廉类

　　上课前的一点时间很有限，我往楼下看看，同学们都从厕所往教室跑，准备上课，心里着急。老爸看我不安神，就对教导处主任直接说了："老战友，请你帮帮忙呢，女儿上尖子班，只差三分……"

　　教导处主任明白，马上笑嘻嘻地说："今年，尖子班特严，莫说你女儿差三分，还有只差两分的哩。哎呀！老战友，这个先例不能开呀！要开了，就收不住了！"说着，拿起桌上一大把纸条条，"呶！这里都是递过来的条子！部长写的、处长写的，还有市长写来的哩。你说我怎么办？难呐，老战友！"

　　教导处主任一番话，说得我老爸无言以对，坐也不是，走也不是，额上尽出汗。他憋了憋，刚再想说什么，这时，忽听外边有人大声喊："王主任，电话！"

　　"电话打到那边去了？！"教导处主任埋怨了一声，马上站起来，对我老爸一拱手，就跑去隔壁接电话。

　　巧不巧？就在教导处主任跑出去的一霎那，那扇刚被教导处主任打开的窗户，突然刮进来一阵风，撩起长长的绿色窗帘布，一个劲地在那摔。三摔两摔，只听"咣当！"一声，将放在办公桌上的那只青花瓷瓶，摔在地上。

　　我猛然一怔，一时不知哪来这一响，以为是大地震发生了，或者是恐怖分子投下的炸弹！我老爸也吓得在椅子上弹了一下——曾经是军人的他都吓着了，可见，那声爆炸是多么的突然和巨大！

　　教导处主任在隔壁也听到了，连忙扔下电话，往这边跑："怎么回事？怎么回事？"

　　我们也不知道怎么回事，那阵风就跟鬼幽灵一样，摔碎了瓶子，就溜走了。等教导处主任跑来时，屋子里已经风平浪静，只看到青花瓷瓶粉身碎骨，瘫在地上。现场看，一点也不像有风刮过的痕迹。既然不是风刮的，肯定是人摔的——教导处主任的第一判断。

会飞的小花帽

我老爸看看老战友的脸,脸上已经没有先前的友好和热情,就告诉他说:"刚才一阵风刮的。"

"风?"教导处主任踢踢地上的青花瓷片,用问号推翻了我老爸的结论。

由此,双方处于极端的尴尬。

我心里十分清楚,教导处主任的怀疑是错的,我们根本没去碰那个青花瓷瓶,真是风把它摔坏的。

也许由于对瓶子过分珍惜,教导处主任和蔼的脸,马上变得冷冷的,就当我老爸根本不是他的战友,是杀手,是恐怖分子!马上转脸看表,意思是快要上课了。

教导处主任看表,我老爸知道他在下逐客令,马上站起来说话。你听我老爸怎么说?我根本没想到他会这么说:"哎!不好意思!孩子手笨。刚才,风把你桌上的纸吹起来,孩子去压纸,不小心碰了瓶子。"

我十分愕然!眼瞪得不能再瞪了!竭力想申辩。我老爸一拉我的衣服,不让我说。

教导处主任听我老爸重新结论,脸色慢慢地轻松下来,觉得这才应该是事实,才符合情理。但随之而来的,是对我老爸的不诚实,给出的两种结论,表示出明显不悦,轻轻地嗯了一声,勉强地说:"没事。"

我老爸上前走走,问:"多少钱?"

教导处主任猛一惊的样子,对我老爸浑身上下看看:"多少钱?哼!"他苦笑笑。

他这么一哼哼,我知道,这瓶一定是很贵的。我老爸也听出教导处主任哼哼的分量,又来埋怨起我:"这孩子,手脚真笨!"

教导处主任说:"别怪她了,怪她也没用。"

我老爸说:"这样吧,说多少钱?再买一个吧?"

"买?哪去买?"教导处主任马上反问道,"你们晚上一般不看'百家讲坛'哪?马未都先生讲收藏看过吗?"

他说的马什么都讲收藏,我们还真没看过,我们也不搞收藏,听那玩意儿没用。

可教导处主任看,他告诉我们说,这个瓶,不是一般的瓶,是看了马未都的讲座后,才到古董摊上买的。花多少钱,他没说,说了怕他老婆骂。

这只青花瓷瓶,不管是真品还是赝品,教导处主任不说价,我们也无法赔。我老爸一心想赔的样子,又问他到底多少钱。

教导处主任说:"值不了多少钱,也就是一台高清彩电的钱。"

一台彩电?还高清?

我老爸一听,二话没说,从口袋里掏出个黑塑料包,往教导处主任桌上一放,说:"到古董摊上再买个吧老战友。"

教导处主任知道那黑包里都是钱,马上吃惊地站起来:"不不不不……"一连说了四五个不字,抓起那黑包往我老爸怀里塞。

我老爸怕被人看见,拉我赶快走。

教导处主任也不好赶出门来,只在后边打哈哈。

走到楼下,我心里实在憋不住了:"爸,那瓶根本不是我打烂的,你咋赖我?"

我老爸脸上和颜悦色,很高兴的样子,说"我知道不是你打烂的,是风打烂的,可这风来得也太及时了!娟娟,实际上是这阵风送你上了尖子班,知道不?"

不知道,怎么是这阵风送我上了尖子班?

会飞的小花帽

干掉自己

这人哪,有自己对自己开枪的吗?他一定要把自己干掉,为什么?疯啦?

沈小来在下边税务所干了十来年,总想往局里调,可又总是调不来。他也知道,这道卡就卡在秦国新老头那儿。这老秦头干人事科长干老了,也干滑了,不见兔子不撒鹰。

后天中秋节。沈小来到市场上买了一条足足五岁娃娃大的黑鲤鱼,晚上悄悄来敲老秦头家的门。

老秦头看看鱼,有意岔开话题,问沈小来最近所里工作咋样,有没有困难。沈小来就直说,在下边税务所工作,一天二十四小时,跟二道贩开火。有机会,想往局里动一动。

老秦头知道沈小来要说这话。便说:"别急,这事得慢慢来。"

沈小来也知道,现在跑事情,十次八次,别想把事情搞定,也就不坐了。临走,一再关照老秦头,叫马上把这鱼杀了,不能放,放久了,不新鲜。他没说鱼嘴塞了四十张老人头。

就这样,送的送到了,收的收下了,彼此心照不宣。

没隔几天,沈小来给老秦头打电话,说到调动的事,老秦头仍是那句不痛不痒的话,不急,慢慢来。皇帝不急太监急呀!明明局长办公室秘书的位子空着,为啥叫慢慢来?是不是力度不够?随即,沈小来又塞了六千元来找老秦头。

有了一万元,老秦头就开口为沈小来说话了,在局党委人事调

第一辑　反腐倡廉类

整会上，老秦头竭力为沈小来说话，说沈小来这个小年轻咋样咋样好，咋样咋样能干，咋样咋样有水平。

人事科长首肯，局领导一致同意，将沈小来从下边税务所调到局里来，放到办公室试用。没试两月，领导觉得小伙子真不赖，能力水平都不错。局长也夸老秦有眼力。

于是，红头文件一下，任命沈小来为人事科科长。老秦头快到退休年龄，任副职，协助沈小来工作。

这个决定完全出乎老秦头意料。协助谁不行，让我协助沈小来？我秦国新咋自己做成笼头往自己头上套呢？老秦头一恨，十多天不到局里上班。

按照组织纪律，新任人事科科长准时到科里报到。沈小来知道老秦头心里有结，也自觉，门头上挂着"人事科科长"的那间办公室他没进，先在科长室旁边的房子放下行李，等老科长来安排。

一等等了好几天，老科长不来。

沈小来就主动登门，找到老科长家。

"老科长。"沈小来轻轻地喊门。

老科长太太开门。见是沈小来，眼没好眼，脸没好脸。门一摔，抢在沈小来前头进了老科长卧室。

沈小来知道科长太太的脸为何这么重，只好厚着脸皮往科长卧室里跟。看到老科长那样子，吓了一跳，才几天，都成了疯子似的？脸不洗，胡不刮，头发睡得像大尾巴羊。

"老科长。"

沈小来刚喊了一声，老秦头连忙转过脸去，大声说："你走！我不想见你。"

沈小来好尴尬，就站着。

科长太太说："你不要上前去，否则，他会死的！"

29

会飞的小花帽

沈小来听了一惊,转眼一瞥,老科长床头柜上有张白纸,上边有圆珠笔写的几个粗粗的字:干掉自己!

沈小来有些紧张,又叫:"老科长!你……"

老科长突然坐起一拗身:"别他妈叫科长科长!把你那一万元拿走,给我弄把手枪来!"

多走了几步路

从前县官老爷坐轿子,现在的县官老爷坐小汽车,反正没人走路的。要是有个县长下班走路回家,正常吗?

这几天,周县长上下班,自己走路。小车坐久了,腿都有些不自然了。

周县长还没走到家,周太太就在阳台看到了。对女儿说:"小蓉,你看你爸又是走路回来的。"

"真的?"女儿也到窗口来看。

周县长一进门,女儿问:"爸,你又是走路回来的呀?"

"啊,是呀。"老周一屁股坐在沙发上喘气。

周太太说没什么,到厨房里端饭。饭碗端在手里,说:"老周,我似乎感觉到你这些日子有什么事,在瞒着我们娘儿俩。"放下饭碗,坐到周县长旁边。"老周,有啥事呢,你就说。"

周县长没在意,说了句四不靠的话:"我们的方针是自力更生嘛。"

女儿说:"什么叫自力更生?我从历史课上才知道,那是四十年前的口号哎。爸,你有啥事就直说,家里会帮助你的。"

周县长看着女儿:"我有啥事?你们说我有啥事?一不收礼,二不受贿,我有啥事?"

周太太说:"老周,我们也风雨同舟二十多年,你说说,组织上为啥收了你的车?让你五十多岁的人,上下班,跑单位,都自己走路?"

周县长一听,放下饭碗:"你说什么呀?谁收了我的车?我的001,不是小李子在开着嘛。"

"是呀,是在开着。可是已经换上别人坐了。"

周县长有些急:"公家的车,谁都可以坐呀,也没规定包给我周家泰嘛。"

女儿说:"老爸,对是对。可堂堂一县之长,出门11路,打听打听,目前中国还有没有这样的县长?人家南方呀,一个县长都好几辆高级小车哎。"

周县长马上说:"县长咋啦?县长就不能走路?我们这儿是人家南方吗?要几辆小车干嘛?"

三人一时无话,各吃各的饭。

吃了一会,周太太又想起话来,说:"老周,是不是我们县里小煤窑关得不及时,被中央电视台曝光,市里查你的责任?"

"什么呀?你们今天咋神经错乱起来?在国务院决定之前,我们县'三小'早处理完了,你们瞎操啥心?"

女儿吃完了,一边去洗碗,一边说:"要不就是环境污染没治理好。反正老爸没那方面的问题。"

"哪方面的问题?鬼丫头,你老爸弄这个穷县,都累死烦死了,你还以为我那么潇洒?好好念你的书。"

周县长一生气,家里的人就不敢吭声。不敢吭声,不等于心里没想法,这小车坐得好好的,咋就不坐了呢?走路走得喘喘的还走,

31

这像个县长吗？

街上认识周县长的人，也觉得奇怪，咋老走路？县长也能走路？县长就好比过去的县太爷，县太爷出门都是八人大轿。现在大轿没有了，县长咋不坐小轿车？

礼拜五，是县长下基层日。周县长拿起包，又想走路下去，可家人的眼睛，路人的眼睛！我们这样的人走几步，咋引来这许多怪话呢？

书记他爹

下班时，楼梯口上来一个老头，问他找谁，他结结巴巴地说：找书记……主任们一想，肯定县长乡下老爹来了，赶快摆饭。吃到最后才让老头把话说明白。哈哈哈哈……

下班了，周秘书刚要关门，看见一个老头从楼梯口往上爬，见到小周，就问："书，书……"老头说话打结，眼直翻白，说不出第二个字来。

小周听到"书"，后边肯定是"记"。便问："你找书记吗？"

老头点点头。

小周一下想起来了，听书记说过，乡下有个老爹，八十多了。莫非老人家找儿子来了？马上热情地问："老人家，你是书记什么人？"

那老头说："我，我，我是书，书记，他，他爹的……"

小周见老人家结成那样，知道是书记他爹。书记他爹来了，书记不在家，得赶紧安排。说："老人家，跟我到食堂去吃饭吧，去晚了，就没饭吃了。"说着,就把书记他爹往食堂领。

刚往楼下走了几步,遇到办公室吉副主任。吉副主任问:"这是谁?小周?"

小周说:"书记他爹。刚到。我先带他去食堂吃饭,晚了,就没饭吃了。"

吉副主任说:"对,晚了就没饭吃了,快去。"往上走了几步,又回头对小周说,"叫食堂多加几个菜,回头开个发票,我叫白主任签一下。"

小周把书记他爹带到食堂。

饭快吃完了,办公室白主任知道了,忙跑过来,问小周:"书记他爹来了?"

小周指指正在吃饭的老头,说:"这不是?下班前刚到。"

白主任听了,嘴咂咂,说:"小伙子,你们到底年轻,书记他爹一次都没来过,就让老人家吃这饭?书记理解呢,说咱们做得对,不理解呢,说我们看不起他乡下的老父亲。你说这县政府里一年到头,肉山酒海地吃了喝了多少?咋就在书记他爹身上节约起来了呢?传我的话,叫食堂重摆一桌,标准,八百!"白主任说完,走到书记他爹跟前,一边从老头手里往下夺筷子,一边诚恳地检讨。"大爷,您千万别往心里去,都是他们年轻娃娃不懂事,书记不在家,我们还不跟您的亲儿子一样?"

老头听不懂,愣着眼对"儿子"看。

乒乒乓乓,不一会,旁边一桌酒菜就摆了出来。

老头看看,可能又要来大官了,告诉白主任,他要走。

白主任直笑,说:"走啥?这桌,就是为您老摆的。"说着,硬把老头往那桌边的椅子上按。

老头不知深浅,心里莫名其妙地打颤,嘴里莫名其妙地吃,眼

33

睛莫名其妙地看人。

接下来,白主任考虑老爷子住什么房间。他再也不放心小周办事,亲自把老爷子送到宾馆,开了个总统间。

老头没见过那样的大房子,死活不肯进。说,他不睡,他要告化肥。老头结巴了半天,白主任才明白,他是来告状的,假化肥坑了他。马上安慰他,说:"您不要着急,明天,书记回来,什么问题都会解决的。"

老头急红了脸:"我,我不是书记他……"

白主任见他急得可怜,说:"行行行,我知道您不是书记,您儿子是书记。好吧好吧,您老人家进来睡好吗?"

老头见白主任还是听不明白,就夺过他手里的笔,写:我是书记他爹的邻居。

手　　殇

一次车祸,局长手受伤了,右手不能批文,用左手批,反手写的字,不像局长的字,接二连三闹出笑话。

今天,小李子送局长去市里开会,刚从岔道口往高速公路上拐,"砰!"与迎面驶来的5吨大卡,"亲"了一下。卡车高大,皮没伤一块,在路上画了个弧,跑了。公路事故抢险组随后赶来,就把他们弄到医院。一检查,局长和小李子的左臂严重骨折,必须立即手术,否则,会导致生命危险。

手术倒是做得很快,很成功。

三个多月后,小李子痊愈出院。出院就失业,局长不敢再要他开车。

半年后，局长才出院。局长出院就是处理不完的事，办公桌上堆了好高的一迭文件。一般的文件，稍加浏览，拿起笔来圈两字：已阅或照办。就交秘书处理去。局长左撇子，左手圈文，几乎是局长的一大特色，在马勺子市没第二个，别人咋学也学不来。"已阅"，"照办"，"同意"这些字，都写了二十多年了，写出来，确实像字，正看反看都顺眼，就跟左手大书法家费新我的字差不多，那几个副局长，用右手都写不过他。

可是，没过几天，局长亲自圈下去的文，转了一圈，有些又回到局长桌上来——说要局长亲自圈。文化科老科长刘大酉，接到文，他没反圈，就把文拿到局长办公室来，直接找局长说。

"哎，我说，你以前圈的反手字，多好看。你看看这几个字，就跟小学生写的一样。半年不上班，文件多，可以理解。但是，这些重要文件，下边各单位是要存档的，还是你自己圈，别让别人代圈，出了事不好办。"

"我没让人代圈呀？"局长一听，就纳闷起来，拿起自己批的文件看，左看右看，觉得自己的反手字，确实不是以前的样子，太难看，已阅的"已"还是个错别字，写成自己的"己"。咋回事呢？一次车祸，就使人退化得这么快……局长猛一想——天！是不是医院手术出了错？到医院查问，医生也不瞒他，说手术时，是出了一点点小差错。俩人断臂再接手术，是同时进行的，助理医师没小心，递错了，把甲的递给乙，把乙的递给了甲。发觉后，已经既成事实，病人也不可能再进行第二次手术，所以，也就没主动跟病人讲。病人找上门来，院方就主动承认，这是一起重大医疗事故，并提出要求私了，说赔多少都行，千万别让媒体披露出去，而今医疗竞争，也挺激烈的。

局长一听急得要哭："妈的！私了公了个球呀你们？手都已经接好了，还能再割下来重接？不重接又咋办？这驾驶员的手，就一辈子接在我这局长手上？这叫什么事嘛我的天！我以后还咋批文嘛！"局长气得直摔那只劣质手，摔也摔不掉。没办法，局长只好又悄悄地把在外边打工的小李子招了回来，让他代圈。

你别乱来

在班上收了人家东西，下班后，路上黑，看不清路口站的是谁？他把收的钱都放下了，那黑影还是岿然不动，吓的！

杜新贵下班回家，已经是深夜两点多了。在下边工商局工作，一线作战，天天跟那些二道贩子接火。你说吧，严狠了，祖宗八代被人家骂完了，不严吧，那些龟孙子们，一个个心往死里黑，闭着眼宰人。今天有个卖鸡的，活活的鸡，他愣是往嗉子里填石子儿。

杜新贵这么想着走着，就走完了有灯光的路，没灯的地方，他不敢骑，就下来扶着车慢慢走。快五十的人了，年残岁底的，胳膊腿要紧。

走着走着，杜新贵发现前面拐弯的地方，有个黑影儿立在路边。他眼有些不好使，黑影越来越有点儿像个人。嗳，早上上班，这儿什么也没有呀？杜新贵再往深层次一想，是不是这家伙？杜新贵心有点虚，转脸看看，前后都没有来人，也没有来车。这路段，是市物资公司的仓库，除了围墙就是铁丝网，喊，也没有人听到。妈的，还是先跟他稍施周旋，等来了车或来了人，再一举收拾他。

于是，他站住，开始喊话："喂，我说，你深更半夜不回家，站在这马路上干吗？"

那黑影，巍然屹立。

杜新贵又说："你别发愣，今天罚你也是应该的，知道啵？要是认真按照《中华人民共和国商品质量法》跟你硬扳的话，就不是罚你五百了，知道啵？你去问问那些卖肉的，那天，逮住一个往肉里注水的家伙，一次就罚了一千。对你们能不严吗？不严，群众对我们有意见。"

那黑影，仍那样迎风而立。

杜新贵声音有些软："哎，你到底想干什么？我告诉你，你千万别乱来啊，有话好好说。罚重了，你可以上局里去反映。你就是告诉局长，我没给你条，我也不怕，不给条，也不是我杜新贵一个。"

那黑影，仍是一声不吭。

杜新贵心里开始发抖。妈的，今天碰到这个愣头青，也真是倒大霉了，以往，罚谁谁也不敢吭气。不过，说心里话，今天这一锤子，也确实敲得重了点儿。要不私了算了，大过年的，图个太平。就说："哎，小伙子，你也别死心眼，过来，咱们谈谈好吧？"杜新贵往前走走，又说，"我看，你也是第一次做这种不道德的事，是啵？罚你五百，那也是吓唬吓唬你，本来打算回头再给你两百。后来，所里事多，就给弄岔了呐。"

杜新贵正说着，忽然，从后边来了一辆汽车，炽炽的灯光一照，黑影立马变成了一块蓝牌牌，施政公司刚竖的，上边几个荧粉漆写的大字，发出亮亮的蓝光，请注意：前面危险路段！

我找马局长

咚咚咚！有人敲门。打开门，他说找局长。"局长搬家了。"他不信。看看他找局长什么事。

今年，政府廉租房没赶上，只好买人家的二手房，两室一厅，五十七个平方，小是小了一点，室雅何需大？室内好好装修装修，跟新房没两样。

一个多月的折腾，他浑身散了架。今天也没去上班，刚想在新沙发上躺下享受一会儿，有人敲门。

"谁？"

谁这么快知道我搬房了？开开门，一个陌生的女人，三十多岁，眉毛弄得黑黑的，嘴唇弄得鲜红，现在一般高素质的女人，都不这么画的。门里门外，相持了一会。他问："你找谁？"

"我找马局长。"她说。

"他不住这儿。"

她一惊："天！这不是二单元三楼吗？"

"是二单元三楼，马局长搬走了。"

"搬走了？不会吧？"她说话时，眼对他脸上直扫，有一种坏女人的眼神。

"咋不会？搬走一个多月了。"

她还不相信，停了停，说："其实，我也没什么大事，不太为难的。"她说着，就走了进来。把手里东西往沙发边上一放，自我介绍起来，"我叫秦素，个体户，卖服装的。"

第一辑　反腐倡廉类

"你找马局长有事吗？"

"一点小事。我儿子今年高一，下学期想转到一中来上，一中不肯收。说只要马局长打个招呼，他们就收。马局长，这事求求你了，我们做一点小本钱生意也不容易，将来都指望娃娃有个前途。苦两钱，还不是全为了娃娃？"说着，她从兜里拿一大把钱来，放到茶几上。

她一定是认错人了，他连忙让她收起来。她不收。他认真了，要她一定收起来，马上离开。要知道，钱倒是小事，他怕妻子回来说不清。

她好像看出他的心事，笑笑，她那笑，完全可以用"狰狞"一词造句。

"马局长，你要是不收的话，我就不走了。"

"天！我不是马局长，我真不是，你快把钱拿走吧！"

"是不是马局长，我知道。先前我已经来过两次，那两次都你老婆收的。这次才找到你本人。好吧，就请马局长给一中打句招呼？这对你来说，也没什么难的嘛，否则，我下个礼拜再来。拜拜！"

级　　别

天热，殡仪馆前面停了几辆送葬车，都想提前处理了，都找馆长去，馆长被缠的没法，说："把死者身份证明拿出来，按级别来！"

科里朱七湖归天了。

按岁数，老朱还没有去得，可是得了绝症，不去也得去。哎！人哪！老朱虽然已经退下来了，科里还是一样给他料理后事，追悼会按主任科员档次开。最后，征得他家属同意，火化。

39

会飞的小花帽

我们这里火化也难，城市小，至今没有殡仪馆，火化一律要拉到百里之外的石城市去。

天热，一切动作都要快。科长再三吩咐。

于是，大伙儿连夜兼程。

赶到石城，天还没大亮。心想，这下可抢了个先。

可是，到了殡仪馆门口，我们几个都惊呆了！那里已经排下了好几辆送葬车，堵在那儿，吵吵不停，各不相让。天热，谁都想及早处理。

照这样排队排下去，不到下午五六点，轮不上老朱。

我们科长一想，对了！听说八年前一块在南疆当兵的郭永海，就分在这个单位当一把手，赶快找老战友去。

我们科长去了不到一个时辰，手里真的拿了张白纸条回来了，大家心里好一阵子乐，夸我们科长在关键时刻还真行，几个人高高兴兴地跟着科长来到锅炉班。

锅炉班那个负责人也肯帮忙，叫我们偷偷地把死人从后门弄进来。

不弄则已，一弄，却闹翻了天！马上有几个送葬家属，舞着拳头，冲上来就要打架。还有几个家伙，不要命地冲上去，抓住锅炉班那个负责人的衣领。那架势，像要把他一起扔进炉里去。

我们一看，势不均，力不敌，打架，肯定不是这号人的对手，只好乖乖地仍然排到原来的地方。

可是，这样一来，场上大乱，根本无法再分出先来后到，每人都喊自己是第一，每个人都往前头挤。

锅炉班那个负责人怕出事，想出了一个极其有效的办法来。高声喊："哎哎哎！挤什么挤？排队排队！按死者级别排队。"他叫各送葬队的负责人，把死者的身份证明都拿出来交给他。

所有人一律照办。

锅炉班那个负责人抓着一大把红本儿、绿本儿，一个一个挨着叫名儿：

王福仁，处级。

周青山，副处级。

王中乾，团级。

许耀武，副团级……

我们站一边竖起耳朵听名字，听了半天，朱七湖仍排在最尾。

操！

"蔡一针"

蔡星河会针灸，给副市长的男人打针灸好了，原来答应蔡星河的事还能兑现吗？请关心一下。

蔡星河是马勺子村学校老师，他不但教书，还会给人扎银针，针灸是自学的。他小时候得过一次伤寒，家里没钱给他看医生，浑身难受得没法，就自己用手指甲掐，掐一阵，就轻松一些。后来，看针灸书才知道，掐的地方叫穴位。

70年代初，马勺子村创办耕读小学，队长叫蔡星河到"耕小"里当老师，他从小生病，瘦，在队上不能干全劳力的活。他上学虽然不多，平时好自学，村里写写画画的事，全他代笔，在马勺子村，也属于才高八斗的人物。

"耕小"里孩子不多，蔡星河除教孩子识字，还有时间看针灸书，琢磨什么样的穴位治什么样的病，学校周围的人，有些小病小痛，

会飞的小花帽

就到学校来找蔡老师针灸。

一根拃把长的细银针，看着他往皮里捻，捻捻捻，就捻进肉里去了，然后针一起，疼的地方不疼，酸的地方不酸，照样能下地干活。村里人服了，不叫他蔡老师，叫他"蔡一针"。

"蔡一针"喜欢别人这样叫他，更用心针灸。去年，一出手，花了几千块，托人从深圳买回一座人体模型，用来钻研针灸学。人体模型上，可以很直观地了解到更多更准确的穴位。

人体模型是个男性，有七八岁的孩子那么高，往桌上一放，就像一个真人站那儿。身上到处是密密麻麻的穴位，从头到脚，标得清清楚楚。连裆里三大件上都标出十几个穴位来，使得"蔡一针"大开眼界，哇！针灸是一门多么深的学问啊！

每次有病人来，"蔡一针"，搬出人体模型，指着人体模型告诉病人，病在哪在哪，该往哪儿哪儿扎针。一般病人，不懂这些，光看着那个人体发笑。

当然，没人针灸时，人体模型是不让别人随便看的，学校里有娃娃，少儿不宜。"蔡一针"就把人体模型放到自己宿舍里，用花被单遮着，将房门关紧。

这些年，这事就传到了乡长耳朵里，听说马勺子村有个很会针灸的民办老师，打电话问村长落实。

乡长问村长："你们马勺子村校是不是有个会针灸的民办教师老头？"

村长说："是的。"

乡长问："其他病能不能针灸。"

村长问："什么其他病。"

乡长说："男人的病能不能针灸。"

村长听在耳朵里稍稍一悟，懂了，乡长可能有男人病。到学校问"蔡一针",说乡长也要来针灸,问男人的病能不能针灸。

"蔡一针"懂,乡长可能有男人病。50来岁男人,正是出活的时候。说能针灸,叫乡长来。

乡长来了。

乡长没叫司机开小车来,自己骑自行车到马勺子村来。

村长把乡长悄悄领到村校。进了"蔡一针"房间,乡长叫村长出去。说他要跟蔡老师私下谈谈。

村长知道乡长私下谈什么,就自觉回避。

"蔡一针"把房门关上,就给乡长拿烟,乡长不抽。

"蔡一针"把烟放到桌上,去柜子里拿出一盒银针来,边消毒,边问乡长哪儿不舒服。

乡长笑了笑说:"哪儿不舒服?哪儿都舒服。就他妈该舒服的地方不舒服。"

"蔡一针"清楚自己刚才是明知故问,就不再说话。顺手扯掉人体模型上的被单布,手指着人体模型下边垂着的地方,问乡长:"这儿?"

乡长看见人体模型,又呵呵地笑,说:"你还挺正规的哩,还有这玩意儿?"

"蔡一针"指指模型的下部又问乡长:"是这儿吗?"

乡长也不正面回答,仍呵呵地笑。

"蔡一针"不笑,很严肃地问乡长:"夜里也这样吗?"

乡长说:"废话,夜里不这样我来找你干什么?"

"蔡一针"问:"吃的什么药?"

乡长说:"美国伟哥。"

"蔡一针"不屑地说:"你认为美国人真的能拿好药来给中国人吃吗?那是害中国人的男根!越吃副作用越大知道不?而针灸就

会飞的小花帽

不同了，针灸是点活你某个穴位，毫发无损你的任何机能。"

乡长说："那你就给我点吧，看你咋把它点活。"

"蔡一针"让乡长把裤子脱了。

乡长有权有势的人，一点不避讳，站起来，裤带一解，往下一抹，就全露在"蔡一针"跟前。

"蔡一针"顺手将床上脏衣臭袜往一边推推，叫乡长躺下。

乡长不愿意躺，小床上猪臊味。

"蔡一针"拿出几根消过毒的小银针，用药棉在乡长下边擦。然后，在会阴处按住一个穴位，就开始往下捻针，捻得很轻，轻得让乡长感觉不出来有人往他肉里扎针。

"蔡一针"知道，针下不是一般村民，是乡长，主宰全乡几万人命运的乡长！轻轻地轻轻地捻，小声问乡长啥感觉。

乡长又呵呵要笑，说："痒！"

"蔡一针"听乡长说出这种感觉，心里也高兴，看着乡长下边慢慢地增大，他脸上也起了一阵悦色。说："痒就好。"

"蔡一针"第一次给乡长点的穴位，即应穴，不是根治穴——"蔡一针"有"蔡一针"的想法，他觉得他有必要留一小手。

"蔡一针"看着乡长已经兴奋起来，说："乡长……"

乡长问什么事。

"蔡一针"停了好一会。说："乡长，从79年至今，我在马勺子村当了几十年民办教师了！"

乡长不经意地问："当民办教师不好吗？当民办教师总比出去打工强吗？"

"蔡一针"说："当民办教师虽然比打工强，但当民办教师的，没有一个不想当公办教师。"

"公办教师那是国家在编教职工，属事业性质。得有指标，不是谁想当就能当的，知道不？"

"蔡一针"知道，公办教师是国家指标，可这几年，国家为了减轻农民负担，每年都有一定指标的民办教师转为公办教师。虽说有个文化水平和教学业务考查，那些有关系的，考不考查，也都转正了，只有像他"蔡一针"这样的人，是当一辈子民办教师的命！

"蔡一针"做梦都想当一名公办教师，今年都五十好几了，再不转正，只有找老邓了！听乡长的口气，希望仍然渺茫！情绪又沮丧起来，捻针的手慢慢地停了下来。

乡长感觉下边不痒了，问："你咋不捻了？"

"蔡一针"一听，又捻。

两个疗日，乡长好了，是没男人病的男人了！然而，乡长只折腾了一个星期，又复发了！乡长情绪一下跌到了谷底。急得没法，只好又来找"蔡一针"。问，这玩艺不能从根本上解决问题吗？

"蔡一针"叹了口气："从根本上解决问题当然好，谁不想从根本上解决问题呢？"

乡长听懂了话中话，转脸对"蔡一针"认真看了一下。说："哎呀！捻针吧捻针吧！你那问题，我会考虑的。"

"蔡一针"听了乡长这话，瘦瘦的长瓜脸上，立即有了喜悦，说："乡长，你放心，这次，我让你从根本上解决问题。"

这次，"蔡一针"一连给乡长捻了七天针。一个疗程下来，乡长从根本上解决了问题。

两个月过去了，乡长那儿没消息。

半年过去了，乡长那儿没消息。

一年过去了，乡长那儿没消息。

这么长时间，乡长难到没考虑我的根本问题么？"蔡一针"来到乡长办公室："乡长，那我那根本问题……"

乡长想起来了，说："放心，我会考虑的，回去等消息。"

"蔡一针"心里又一次踏实多了，回到学校等消息。

从秋天等到冬天，从冬天等到春天，也没等到乡长的消息。"蔡一针"彻底失望了！

一天晚饭后，"蔡一针"正在灯下给学生批作业，有人轻轻敲门。

"蔡一针"开开门——乡长！身后还跟着个丫头。

门一开，乡长手拉着那姑娘走进屋里，随即又关上门，叫"蔡一针"到里屋谈。

"蔡一针"心里虚虚的，不知乡长要谈什么。

乡长说丫头是他家亲戚，有了些"问题"，请"蔡一针"想想办法给解决掉。

"蔡一针"对丫头看看，如花似玉！姑娘的"问题"并不算大，还没出怀，解决起来，手到擒来。不过，"蔡一针"不想马上就给乡长解决。对姑娘看了一眼："你亲戚么？"

"蔡一针"迟迟不动手，乡长急了："好了好了，你给她解决吧！"

一会儿，"蔡一针"拿出纸笔来，写下几行字，让乡长签名，说，做个手续。

乡长不肯签，说："你又不正规医院，做啥手续？"

"蔡一针"说："这跟正规不正规两码事，是个医患手续问题，万一出了事，我要负责的。放心签吧乡长，这纸条，只有我一个人知道。"

献　字

领导的字，有好字有滥字，写滥字的领导，也有人要他的字，

这人滥还是不滥？

国庆节，局工会在市文化宫举办职工书法展。

这件事，本来没有什么值得轰动的，很平常。可是，不平常的是，老市长今天也来参加开展仪式。而且他今天的兴致不错，一见到工会主席老常，就说："伙计，有没有笔？我也来写两字。"说着，就有点跃跃欲试的样子。

老市长这么一说，简直把老常高兴坏了，连忙说："有有有。"说完，赶快去找来一张地地道道的泾宣，一支二号大斗。一边磨墨，一边激动地说，"老市长今天有这雅兴，能为我们的展览献字，真是难得难得。"

老市长不以为然，说："哎，写不好，献丑。贵在参与嘛，对不对？"他说完，拿起笔，挽起袖子，笔在砚池里滚了几下，又放下。好像要问老常和周围的人，又有些不想问的样子，"写什么呢，你们说？"

常主席马上说："随便随便，市长您写什么都行。"他高兴得一直在笑。"随便随便，哎，有那个意思就行。"

老市长似乎没听到老常在一边说什么，沉吟着，又拿起笔，一时真有点不知写什么好。

老常见他为难的样子，又一次给他放松："随便吧，老市长。"

老市长听了倒把脸一沉，认真地说："随便？你们平时做事总是随便吗？共产党就讲认真二字嘛，做事不认真哪行。"

老常有点不好意思，连忙又说："您老想写政治性强一点的么？比如'科学发展观'什么的？"

老市长右手握着笔，伸出左手来摇了摇："哎，胡总书记讲的话，

47

会飞的小花帽

哪能在这儿乱写？"

老常见老市长总是举笔不定，就想给他点点题："要不，你就写'发展书法艺术，加强精神文明建设'？"说完赶快往后退了退。一边退，一边说，"我斗胆了，老市长。"

老市长又用左手摇了摇："那太口号了。"不假思索地推翻了老常的建议。

老常见老市长的手举得太久，而且，笔端上那墨珠儿就要往纸上滴。又说："老市长，你就信手写吧，平时什么熟，就写什么。只要有你老人家的墨宝就行，你看呢？"

也许是老常的话着实提醒了他，只见他忽然一凝神，信笔在纸上落下两个黑黑的大字：已阅。

红　殇

听说过吗？红颜色对人体会产生影响，看看这位局长怎么了？

顾伯年从城建局领导岗位上正式退下来。

当了一辈子领导，这一退下来，还真有些不适应，总觉得浑身不舒服。到底哪不舒服，说不清。头晕眼花，心口发胀，饭量也逐渐减少，人也一天天往下瘦。年轻人瘦一点，好看。老头瘦了，可就是有病。

什么病？查不出来，去医院几次，医生说不出个鼻高眼低来，只是叫回家休息休息。越休息越不中，以前还能从家属楼走到三洋广场。现在下楼梯也要人扶着。家里人担心老爷子得了跟非典类似的新病。

第一辑 反腐倡廉类

赶快住院。

住进医院，老头子不愿在病房里呆，喜欢一个人溜到护士办公室去。也不知护士办有啥好呆的？里面除了几张奖状，几面锦旗，再就是针头针管臭药水，老头子就喜欢坐那儿闻臭药水味，傻呼呼地往墙四周看。

一开始，小护士小姐们也没太在意，老同志嘛，爱出来散散步，也是有的，何必对人家态度不好，影响年终奖？坐就让他坐会吧，反正这老头也不怎么讨人厌，一不多说话，二不抽烟，三不随地吐痰。

时间长了，护士小姐们就觉得有点不方便。女同胞经常有一些私事，一个傻老爷们老坐跟前，碍手碍脚的。

护士长态度和蔼地说："老同志，你回病房去吧，啊？我们要换衣服下班了。"

顾老头自觉离开。

护士小姐们上班一开门，顾老头又进来。

护士长态度认真地说："老同志，这儿是女护士办公室，你到别处去吧，啊？"

顾老头不去别处，就喜欢到女护士办公室里，东看看西看看。看看看看，他就觉得浑身来精神，头不疼，心口也不发胀。

护士小姐们看这老头怪怪的，就议论起来："这老头咋了？咋老坐到我们办公室来？东看西看的，办公室有啥好看的？老流氓！"

说了不走，撵了不走，护士小姐们就向院方提出抗议，说有病人变相性骚扰。

院方出面，找到顾老头。说，在医院看病就看病，不要到处乱跑，医院不是花园。

话一说破，顾老头自觉，规规矩矩在自己病房里呆着。没呆几天，

49

又身不由已地走到护士办来。

　　后来，事情传到医院心理专家那里，心理专家认真对顾老头进行病因调查。最后认为，病人的这种行为，完全不是耍流氓，确确实实是一种病。美国一位病学专家研究证实，这种病叫"赤感病"。得病的主要因素，是由于病人长期置身于红颜色或红光线的环境中，经过周围红色素的长期污染，神经中的感光功能，对红色素产生了一种依赖性。病人要是突然离开这种环境，身体就会感到不舒服，甚至出现病状。因此，专家们建议，病人完全没必要住院治疗，只要有意识地恢复其原来所具备的生活环境，病人很快就会自动康复。

　　医院立即把专家们的意见，通知病人家属和病人单位。

　　城建局按专家们的建议，把老顾原先办公室里挂的那些锦旗、奖状、奖杯，统统复制一份，将老顾家客厅、房间布置得满满的，让老顾重新徜徉在红色的海洋之中。

　　不久，老顾果然精神振奋，能吃能睡，红光满面。

在家吃顿饭

　　干部似乎就应该天天有饭局，要是下班后直接回家吃饭，家里人会大吃一惊，哇！不正常哎！肯定哪出了问题？

　　晚上，高书记下班后，从办公大楼往后边家属区走。走到家，家里人惊惊愕愕，妻子迎到门口问："老高，你今晚咋回来吃饭？"

　　高书记往沙发里一坐："我就不能回来吃饭？我不是你们家人？"

　　女儿听见说话，也从房里跑出来："老爸，你今晚在家吃呀！？"

第一辑　反腐倡廉类

高书记"嗯。不欢迎啊？"

女儿高兴地拍着手转着圈嚷嚷："欢迎欢迎！热烈欢迎！欢迎欢迎！热烈欢迎！"

高书记一笑，说："鬼丫头，别疯了。"

女儿走进房间。妻子又从厨房走过来。问："吃啥呢晚上？"

高书记找来遥控器，打开电视。说："有啥吃啥，也不是招待客人，啥不能吃？"

妻子去厨房做饭，心里越发不踏实，老高当了两年县长，总共在家吃过几次晚饭？不是这儿请，就是那儿约。今晚外边咋就没饭吃了呢？哎！这老高，大事小事总不喜欢跟家里说。听风声，市里要调整县委领导班子，难道……妻子越发不敢往下想，又不安地走到客厅来，问："哎，老高，你今晚真的在家吃饭吗？"

高书记眼不离电视，说："真在家里吃，不出去了。"

"不出去了？"

高书记："不出去了。"

"那我做饭去。"妻子说完，并不想离开。

高书记回头看看："你干吗老愣着？快做饭去呀？肚子早饿了。"

"饿了？饿了外边也没吃的了？"妻子说着转过身，她没去厨房，而是进了女儿房间，小声跟女儿说话，"你爸今晚咋在家吃饭呢？奇怪！"

女儿放下笔，说："就是，我爸啥时在家吃过饭？这里边一定有原因。"

妻子马上问："是什么原因呢？"

"什么原因，我也说不清，反正有原因。你想嘛，一县之长，每天有多少事情要应酬？有应酬就会有饭局。老爸没饭局了，就说明没应酬了，没应酬了，说明……"

"你是说你爸被调整了?"妻子失神地望着女儿。

女儿说:"这也说不准。反正不是这个原因,就是那个原因,要不,老爸下了班会往家里跑?"

房间里,母女俩没说完。客厅里,高书记着急:"你们说什么哪?快做饭呀!"

女儿嘴快,就大声说:"老爸,我们说你哪。哎老爸,有什么事,你也不该瞒着家里人,是不是?我和妈都为你担心,到底出什么事了?好好的,今晚回来吃饭,让人有些不可思议。"

高书记一听,认真起来,放下手里遥控器。走到房间来:"你们胡说些什么呀?怎么不可思议了?嗯?"

女儿伸了伸脖子,然后眼往上一翻,说:"反正,反正我老爸没那方面的事。"

高书记:"哪方面的问题?鬼丫头,你老爸弄这个穷县,都累死烦死了,你还以为我那么潇洒?好好念你的书!"

这一说,家里的人就不敢吭声。不敢吭声,不等于没想法。妻子在厨房里一边做饭,一边说:"老高,我似乎感觉你这些日子有什么事,在瞒着我们娘儿俩。"

高书记声音大起来:"我有啥事?你们说我有啥事?一不收礼,二不受贿,我有啥事?"

妻子还是不放心,说:"老高,我们也风雨同舟快三十年了。你说说,组织上到底为啥要调整你?"

高书记越听越烦,"啪!"关掉电视机,大声嚷嚷:"说什么哪?谁调整了?今晚我回家吃顿晚饭,你们哪来这么多废话?嗯?县长怎么啦?县长就不能在自己家里吃顿饭?县长就不是正常人?怪不怪你说?"

吃饭了。

一家三人，都轻松不起来，各吃各的饭，各想各的事。

昙花一现

有句唱词："桂花开放贵人来。"这昙花开了，也等贵人来吗？看看贵人是谁。

二贵家养了多年的一盆昙花，最近要开了。二贵高兴，把这个消息首先告诉村主任。

村主任说："二贵，说明你有喜事来了。昙花这玩艺，不是一般人都能看到它开的。"

二贵说："主任，我知道不是一般人都能看到昙花开的。你看，这盆昙花还是我老爹养的，我老爹都死了三年了，今年才看到它长出花骨朵儿。所以，我想请主任您第一个看昙花开。"

二贵懂事，村主任心里高兴。村主任想想，说："这样吧，二贵你看，我们马勺子村一直平平淡淡，没啥新鲜事，好容易遇上宝贵的昙花一现，是不是请乡长也来看看？乡长是咱们村出去的，说不定，将来当县长、当省长、当国务院总理，都是说不准的事。要是有个扶贫救济，招商引资的事，也能记住咱马勺子村。"

这盆昙花可成宝贝了，还能把乡长请来看？还能为村里的经济发展做贡献？二贵望着那盆昙花，觉得它已经不是一般的昙花，是乡长要来看的昙花，是能为村里经济发展作贡献的昙花。说不定，到时候县长也要来看呢！那贡献可就更大了！快开吧昙花！二贵心里一快活，看那盆昙花也觉得更好看，绿绿的叶子，翠得要命。中

会飞的小花帽

间那几个花骨朵儿，也鼓得可爱极了！看到它，就像看到少女的胸，顶尖尖上还有一丝儿粉红色。哎呀！快了！可能就在今晚要开的！二贵问村主任，"乡长啥时间能来"。

村主任说："乡长去县开三秋工作会了，后天散会。村主任说已经和乡长约好了，会一散，就来咱马勺子村。"

又过了一天，二贵看看化盆里那几颗花骨朵儿，越长越大，顶尖尖上，越来越泛红，恐怕就要开了，乡长啥时能来呢？二贵又去问村主任。

村主任说："再等等，已经跟乡长说好了的，不能言而无信，对领导言而无信，是非常不好的。"

是呀，人不能言而无信。二贵先前盼望那几个花骨朵快快长，一天长一圈才好，现在希望它慢些长，甚至不要长，等乡长来再长。

可二贵希望昙花不长，昙花偏长，看上去，这两天长大了许多，顶尖上那点粉红色越来越明显。要是它们不声不响地突然一开，那怎么办哪？乡长没看到，村主任没看到，我二贵还是不是人？二贵又去催村主任。

村主任没法，乡长是乡长，也不是组长，组长能让他啥时来就啥时来，乡长是领导，又不能叫他啥时来就啥时来。再说，乡长在县里开会，那是大事，能为看一次昙花开，而把工作放一边？只有在昙花上动动脑筋，能不能迟一点开，等一等乡长？村主任问二贵有没有办法让昙花迟开一两天？二贵说，试试。

二贵回到家，用一口缸倒扣在昙花上，使那几个花骨儿与光线隔开，减少氧气，可能会开得慢一些。

今天一早，主村任告诉二贵，乡长昨晚来电话了，晚上八点散会。散会后，不回乡里，直接到马勺子看昙花。二贵心里好紧张，拍拍那倒扣着的缸，昙花昙花！你一定等乡长来了再开好吗？

54

第一辑　反腐倡廉类

晚上，二贵到店里买了瓶好酒，又上馆子里买了几个菜，在桌子上摆好，等乡长村长来看昙花。

桌子刚摆好，听到门前路上汽车叫。二贵出去一看，村主任领着乡长来了。

进了门，乡长对桌上一看，说："不喝，不喝了。这几天，在县里开会天天喝。先看昙花吧。"

二贵忙不迭地去搬缸。缸一搬，那几个可爱的花骨朵儿没了，蔫蔫的几片花瓣儿，耷拉在绿叶中间。

纸科长

现在陪葬品花样百出，活着有什么，死了也给他送什么。人死了，再扎个跟死者一模一样的人送行，听说过吗？

朱七湖的追悼会后天开。

戚国兴一早来到花圈店，店主见戚国兴满脸哀伤，说了一句常说的客套话："先生请节哀！"见戚国兴不吭声，又说，"订做还是现拿？"

戚国兴说："订做。"

店主问："花圈还是花环？"

戚国兴看了看店里那一排花圈，说："算了，我要订的东西，怕你也不能够满足。还是到别的店里去看看吧。"

店主听戚国兴这么说，也就当真了："先生，您别这么小看人嘛！现在不是啥都讲究有文化吗？这马勺子村里有几十家花圈店，能把花圈往文化上扎的，也就我孙某人一个，信吗？"

55

会飞的小花帽

"别吹别吹,我要的东西,你店里肯定没有。"戚国兴说着要走。

"先生请留步,店里没有,不等于我不会扎。您说吧,您要的东西送谁?送老人?送领导?还是送朋友?"

"送同事。"

"送同事的花式多了!电视轿车、别墅琼角、飞禽走兽、花鸟鱼虫,没哪样能难住我。说吧,只要先生您随便说出个意图来,我孙某人如果不把先生您的意图扎出来,我就头朝下,从马勺子村四周爬三圈,咋样?"店主见戚国兴站住了,递过一支烟,"你想要啥?"

"我要人。"

"要人?真话玩笑话?"

"谁一大早跑这地方来给你说玩笑话?要人,你给我扎个人。"

"要啥人?男人还是女人?"

"男人。"

"年轻的还是年老的?"

"五六十岁。姓朱。我们这位老朱,人特好……"戚国兴说着又要流泪。"他这一生,啥事也算满意了,可就是一桩事放心不下,提副科待遇的文刚刚下来,他连看也没看一眼,就走了!"戚国兴拭拭泪,继续说,"领导和同志们都觉得挺那个的,大家伙推举我来买只好一点的花圈。我走在路上突发奇想,咱不买花圈,现在社会上不是时兴活人有啥,就给死人烧啥么?其实,我们老朱生前一辈子没赶上提干,六六年那会儿刚要提,搞文化革命。七九年那会刚要提,他大专文凭还差半年没拿到。九六年又要提,有人说他儿媳妇超生。这下啥也提不成了!到那边去能不能提成,还看他运气。咱扎个纸科长,再将红头文件复印一份,一起烧给他,让他到那边去好歹也有个名正言顺的副科待遇。"

店主听明白了:"放心,这玩艺儿,小菜一碟!我看先生您也是个重情感的人,说吧,啥时要?"

"后天火化,就后天要吧。"

店主又问:"要不要再扎一辆小轿车?"

"不扎吧,按文件规定,副科够不到那待遇,咱也不能乱,得按组织程序。"戚国兴说着又要哭。

传达精神

中央精神下达,要靠一级一级的政府往下传。那么,中央精神能原原本本地传达给广大老百姓吗?看看这个县怎样传的。

吃完晚饭,李县长就把秘书小王叫来,让小王立即往各乡镇打电话,通知各乡镇一把手带队专门守在电视机前,一个小时以后,中央有重要精神传达。

李县长说完,夹着本子,端着茶,进了常委电视电话会议中心,听省里传达中央精神。虽然离省城两百多公里,那边送过来省长的图像和声音特清楚:

"今天,省委召开全省电视电话会议。主要精神是——认真学习——贯彻落实——中央关于——'三农'问题。主要问题是——减轻农民负担问题,其他问题是——增加农民收入问题。这个问题很重要哇,同志们哪!中国有八亿农民,八亿呀!同志们哪,这个数字不得啦!相当于几个美国几个俄罗斯呀!同志们哪!如果我们不重视农民的问题的话,一层一级仍这么有恃无恐地加重农民负担,把农民的积极性搞没了,我们还谈什么社会主义现代化建设?有些地方,就是不按中央政策办事,把国家拨下去的专款挪去他用,搞

会飞的小花帽

高速公路呀，搞旅游项目呀。这些问题，简直是无法无天！农民是我们的衣食父母，而现在最穷的就是农民啊！同志们！我们于心何忍呢？李世民说过一句很形象的话：水能载舟，亦能覆舟也。党中央国务院历来十分重视'三农'问题。今年，我省一定要按照国务院有关政策办事，不准加重农民负担。因此，今晚全省的这个电视电话会议十分重要，省委要求你们，把增加农民收入问题，减轻农民负担问题，当着一项纪律来执行！今年省里除了国家法律规定的农业税之外，一律不准加收农民一分钱！这个问题听明白了吗？"

省里传达中央精神"问题"，一直传达到夜里十二点。李县长走出常委会议室，马上叫小王接通各乡镇的电话，连轴转，以最快的速度把中央和省里关于"三农"问题传达下去。

小王一个乡镇一个乡镇地叫，问各地会场情况，收听人数。

各乡镇的会议一开完，李县长马上传达省里精神：

"今天县委召开全县电视电话会议，主要精神是贯彻落实中央省委关于，减轻农民负担，增加农民收入问题。也就是'三农'问题吧。这个会议很重要哇，同志们哪！中国有八亿农民，八亿呀！同志们哪！这个数字不得啦！相当几个美国几个俄罗斯呀！如果我们不重视农民问题的话，一层一级仍这么视若无睹地加重农民负担，农民啥时候才能富起来呢？对不对？都说农民是我们的衣食父母，而父母的收入就该这么低吗？李世民说过一句很有水平的话，叫什么来着？水能浮船，水也能翻船。嗯，就是这个意思吧。现在我们中国，仍是个农业大国，党中央国务院和省委十分重视'三农'问题。我们县就是再困难，砸锅卖铁，也不要向农民多收一分钱。因此今晚，全县的这个电话会议精神很重要，县委要求你们——把减轻农民负担，增加农民收入，当着一项纪律来执行！所以呀，今年县里除了修建跨世纪的二环立交桥和一条高速公路，全县平均每人增收 20 元基建税之外，其他一律不准加收农民一分钱！"

县里电话会议精神十分重要，各乡镇听完传达之后，也都连轴转，马上接通喇叭往各村传达县里精神：

"各村民小组请注意，各村民小组请注意，现在传达精神。县委，刚刚开完电话会议，主要精神是——加重农民负担问题。这个精神很重要，中国有八亿农民，八亿呀！伙计！美国跟俄罗斯加起来才几个人？所以，我们不重视加重农民负担怎么行呢？今年——乡里除了修建一条二级公路和乡政府办公大楼，按全乡人头摊30元之外，其他一律不准加收农民一分钱……"

死　账

"活着没把我的事情办好，死了也别过我这一关！"殡仪馆撑炉的李老头如是说。

当了十多年民政局长的魏春生魏老头死了。老头死后，后事由局里给他办。

天热，去冷库又没弄到冰块，一切必须从简从快。领导意见，尽快向遗体告别，追悼会回来开，活人的事好商量，先把死人给打发了。

殡仪馆的车子很快就来了，办了手续，死人拉走了。

今天值班司炉的是李老歪。李老歪看看我们给他的几张纸，脸忽一沉，说："他死了！"手一挥，头往旁边一歪，"我不烧！烧谁我也不烧他姓魏的。"说完，李老歪放下大炉钩就走。

唏，这就长本事了不是？这歪球也真他妈够歪的，烧谁就是不

会飞的小花帽

烧魏春生，为啥？

我们头笑着脸，给他送上一支"白雪莲"烟。

他手一挡，说："你们趁早找人给你们看炉，我是不烧姓魏的。"说着，那破草帽往屁股底下一垫，头坠到裆里，坐那动也不动。

这不是要人命吗？我们一个个又气又急，恨不能上前夺过他手里那把大铁锨，铲他妈驴球一样的歪骷髅。

我们头说，别跟他耗，找他领导去。

一会儿，我们头把殡仪馆馆长找来了。馆长说："你这是为啥李师傅？大热天的。如果是为我们内部的事，你先把活干了，下来咱们再商量嘛。"馆长是个很儒雅的文化人，说话不紧不松的，说两句话，连续向上推了三次眼镜。

李老歪仍坐着不动。

馆长推了推眼镜，又说："你先做了，这个月，给你另加些奖金，好不好？"

李老歪一听，猛地跳起来："你拿我李老歪当婊子呀？不干就加点钱？笑话！"说着，手里的破草帽一扔，"我不是为的这个！钱算啥？算个球！我是要个说法。哎，老子是跟王震进疆的，南疆剿匪被土匪用钢丝穿坏了两个球，脖子也歪了，一生无儿无女，我为啥？"他说着，突然嘴一歪，哭了，"民政局到现在还是给我一百块钱的残贴，就这么打发我了事。我跑了几百次民政局，要求给我弄个三等残废证，享受伤残保障待遇，他姓魏的嘴上说行行行，可就是一直不给办。这倒好，他屁股一拍，倒抢我先走了。我不管别的，我就认这个理，他姓魏的还没给我个说法，咱俩的事就没完，他就别想打我这儿走！"李老歪说完，又一屁股坐这那儿动也不动。

第一辑　反腐倡廉类

考　察

考察还是旅游？上车睡觉，下车拍照，回到家什么都不知道。现在许多到境内外考察的干部都这样。当然也有因祸得福的，看看这位老徐。

徐克明有中耳炎史，部里许多人都不知道。本来，五月份去南方考察没他份儿，他跑上跑下偏要去。去就去吧，谁都清楚，而今干部出去考察，就一个字：玩！上车睡觉，下车拍照，回到家什么都不知道。反正多一个人是玩，少一个人也是玩，玩完那几万块钱公款，大家就没事了。

"五一"黄山，车多人多！这么多人一下拥到黄山来，不像是来玩的，是像专门来踏黄山一脚的。现在放假七天，出来玩的人，往往都是首先想到黄山。过去有句话，叫不到黄河心不死，现在说，不到黄山不死心。所以，凡是出来玩的人，都往黄山集中。

山下集中一大片，上山只是一条线，登光明顶时，堵住了！上去的上不去，下来的下不来。原来在山下有说有笑的一群大活人，一下全被堵死！下一个人的头，顶着上一个人的屁股，上一个人的头，再顶着上上一个人的屁股，就那么一路往上顶，不愿顶也得顶，不顶没处挪步，脚下踏着石阶，手里抓着铁索，眼睛看着头顶上的一线天，叫奶奶叫爷爷，谁都别想挪动一步！从早上八点，一直顶到下午两点。腿都站软了，头重得要往一边倒，玩的兴趣一点都没有了，小的哭，大的叫。看看，像是来游山的吗？像是往山上送葬的。

部里一起来玩的五个人，往山上没爬到两百米，都被挤单了。

会飞的小花帽

徐克明离光明顶还有一百多米远，也被堵住，夹在游人中，脸杵着前面一个胖女人的后腰，香气腺气，一股脑儿闻，又不敢发牢骚，这也不是发牢骚的地方，大家伙都是难兄难姐，你对人家发，人家对谁发去？徐克明无奈地伸手摸摸兜，兜里带的东西都吃完了，水也喝完了，又饿又渴，眼前直闪金星！一时间，连跳崖的心都有！再想想，要是死了，媳妇得重新跟人，不能死！再说，完全是自己愿意出来玩的，也不是别人逼的，没理由死。

一直顶到下午，太阳快下山了，黄山警察上来，才把游人慢慢疏散开。

天快黑的时候，部里五个人，才前一个后一个，伊拉克美英联军似地，没精打采，聚到山下的一家宾馆。五条汉子，五条丧家犬一样死劲埋怨，八辈子都不想来黄山玩！

怨完了，徐克明忽然觉得自己的耳朵有点不对劲，里边老是嗡嗡的，堵得发胀，一定是在山上六个多小时站的。真是！上周开会，听部长说，要给新闻科再配个副科长，这下玩完了！狗日的驴耳朵出了毛病！领导能提拔一个耳朵有毛病的人当副科长吗？

哥们见徐克明一脸菜色，蔫头耷脑，如丧考妣，就一个个从床上拥起来，拉起徐克明，说："到街上找个包厢喝酒，潇他妈一回洒！山上损失山下补。否则，大老远的这一趟黄山也玩得太冤了！太没价值了！"

风景区的包厢，小姐一个比一个长得好看，身上白嫩得叫人心里痒痒。徐克明一边吃，一边拿眼溜着那几个进进出出的小姐，看着她们相互说说笑笑，徐克明咋听也听不清，不知几个女孩说啥笑啥？哎！这狗日的耳朵真不是东西！早不坏晚不坏，偏偏这时坏！

酒喝到最后，该上主食了。高个儿身材很苗条的小姐，袅袅婷婷，走到徐克明身后边（不知她为啥偏走到徐克明身后去？他也不是这五个人的领导，大约看徐克明长得帅气），弯下腰，小声问："先生，要水饺吗？"

徐克明模模糊糊好像听懂了。马上小声反问："要睡觉？"天！她竟然问我要睡觉！这里的小姐真的好厉害呀！说这话也不怕人听到，当着众人的面，就问我要睡觉？睡觉是男女两人偷偷干的事，怎么当着众人的面问这话呢？我能跟她睡觉么？一名国家公务员，一名党员，能这样随便，说睡觉就睡觉？再怎么开放，无论是男人还是女人，都应该有做人的尊严嘛，都应该有人格的嘛，咋能说睡就睡呢？媳妇知道了咋办？领导知道了咋办？不！不能不能！一定不能！徐克明脸都吓白了，连忙摇手说："不要不要，我不要睡觉！你找他们。"他把那个高个儿身材很苗条的小姐，大大方方地推给那几个醉眼眯眯的哥们。

那几个喝得晕呼呼的哥们，不知徐克明在跟人家小姐客气什么。就一致表态："就他就他！你看他长得多帅！"

那高个儿身材很苗条的小姐，光站在徐克明后边，脸红红的，很勉强地笑了笑，说："先生，你真幽默。"

徐克明连连摇手："不要摸不要摸！"

那小姐真生气了，脸一下煞白，对桌上五个男人一摔眼，狠狠地小声骂了一句，"臭流氓！"忿然走出包厢。

南方十五天玩完了。

部里五个男人又一起回到塞北小城。

五个人一回到部里，正正经经地来到部长办公室，认认真真地向部长做了考察情况汇报。

这五个人中的四人，说说笑笑，见谁都吹一番这次南方考察的巨大收获。只有徐克明不言不语，不说不笑，该上班上班，该下班下班，有谁问他一句就说一句，不问，就一声不吭，整个变了个人似的，

63

沉默寡言，而且谦虚谨慎。

这是咋了？徐克明这小子去南方考察了一回，考成一个马列主义者回来？还没提副科长哩，就这球德行？

也有人怀疑徐克明总这样是不是装的？是不是在南方惹上了那种难言之隐，在别人面前假正经？

听人怀疑，徐克明小媳妇马上出来辟谣，"没有没有，绝对没有！我家克明，老实人！有那贼心，也没那贼胆，他哪会有那种病？这我还不知道？连自己老婆十天八天也难交一次公粮哩，还有那本钱往外捐？我敢保证，我家克明，那三大件儿，原来啥样，现在还啥样，硬件软件一点没坏。"这个聪明过人的小媳妇，一句不说老公的中耳炎犯了，说中耳炎犯了，就提不成副科长了。

不说中耳炎犯了，不等于中耳炎没犯。前天，在市纺织厂政工科当报道员的小姨子，打来电话，问要不要水票，说纯净水厂的朋友给了她一大把水票，她喝不完。

"喂，姐夫吗？你回来啦？你要水票吗？我……"

徐克明听到小姨问这话，脸上马上笑开了，一个人在电话这头偷着乐，也不像在黄山宾馆里那样规矩了。自古以来，姐夫睡小姨，实在不稀奇。何况平时也喜欢跟小姨打情骂俏的，再说小姨也不小，只比她姐小一岁，长得又比她姐出挑。就笑着说："你说什么？要睡觉？"

"啥？你说什么呀？谁说跟你睡觉了？去南方考察一趟学坏了是不是？哎，放老实点，要不我叫我姐收拾你！听说去南方玩的男人没一个好东西！哎，你到底要不要水票，不要，我可送人了？"

徐克明心还在往小姨那快乐方面想："啥？我不要你就送人？那你来吧，今天我休息，家里正好没别人。"

这次是跟小姨听岔了，说说笑笑就过去了。有几次，工作上的事也听岔了。所以，徐克明再不敢坐在办公室里听电话了，都亲自下单位抓第一手新闻资料。

徐克明负责的新闻口，管全市的新闻报道。市上一有什么活动，都要写报道，特别是中央加大西部投资力度，所以，这项工作容不得一点纰漏。

没去南方考察以前，徐克明的工作运转，常常是一个电话打下去，跟相关单位的政工员一了解情况，电脑上三敲两敲，一篇小豆腐干，也就上了报纸，上了电视。人称"豆腐干"大王。现在不行，耳朵不中用，电话听不清，要写个啥，就得下去跑才行。报上见不到文章，电视里听不到声音，市长就打电话来就找部长，部长就打电话来找科长，科长就来找科员，最后落实到徐克明头上。徐克明接到任务，只有下去跑材料。

要说新疆这地方，一到夏天，缺什么就是不缺太阳，一天十五六个小时的日照率，石头都晒红了，戈壁滩上晒出火来。中午，地面上烤起五六十度，孙悟空要过这地方，还得跟铁扇公主借把扇子哩，徐克明却不怕烫，自行车一骑，跑单位！

这种天气，骑车跑基层，部里同志看在眼里佩服在心里，看看人家小徐同志，南方考察回来后，这么有实干精神！

部长更是感动，会上会下，常常拿徐克明做例子教育大家。人家徐克明去了一趟南方考察回来，效果吓人的显著。有人说，而今出去考察就是玩，看看人家克明同志玩了吗？人家跟南方人学到了多少东西？不但学到时间就是金钱的观点，还把南方人那种真抓实干的精神也带了回来，身体力行，榜样啊同志们哪！

没表扬几回，部长就给了徐克明一张干部考察表，让他填。

村长与村师

村长与村师，村师肯定玩不过村长，村长有权，村师就得听村长的。

村师在村里民办小学教书。村师不怕乡长，不怕县长，却怕村长。因为村长一句话就能使村师教不成书。在村师眼里，村长就跟小布什一样大。村长四十出头，人长得标致。四十出头的标致男人，是非常能出活的男人，村长身体好，活多，自己媳妇出不够，就找村师的媳妇出。开始，村师媳妇不愿意，但又犟不过村长，心里对不起村师，就对村师说，咱走吧，离开村子吧。村师媳妇说离开村子，实际上，是说离开村长。她知道自己男人教书的饭碗，是村长给的。得罪了村长，饭碗就没了。

一开始，村师并不知道村长睡了自己媳妇，每天只在学校教孩子识字，不到放学不回家。后来，媳妇跟他说这个话，也就知道了。那天，上完语文课，村师回家取油壶打油，走到窗跟前，有意站住，听。一听，就听出事情来了，屋里有人在喘气。套着窗户往里一看，村长一丝不挂，在媳妇身上高举高压，狠使劲。村师油壶也没拿，回到学校，一连三天没回家。不回家也不是办法，不回家，不等于把自己媳妇全部出租给了村长？就又冷气吞声回家住。媳妇知道男人为什么不回家，就哭，说对不起村师，要是村师怪她，她就死。村师心软，对什么人都心软，更别提自己女人了。村师就当什么也没看到，什么也没发生一样，搂紧媳妇，只管出活。这也叫一种人一种活法。村师不这样活，又能哪样活呢？在村里教书，活不重，一个月五百五，不比出外打工强？另外，自己还有个半拉子针灸手艺，教学之余，给人扎扎针，还能弄几个小钱贴巴贴巴。媳妇要他离开村子，他不是没想过，但是到哪去？到南方大城市去？到哪去都一样，一个字，难！给人家老板打工，一年做到头，不一定能得上工钱。在城里卖菜、捡破烂，虽然也能养家糊口，城里人哪把你当人看？在村校教书，说煞了，也还是教师，有头有脸的工作。村师权衡再权衡，琢磨再琢磨，用一个字来解决，忍！

人说"忍"字头上一把刀，事情忍一忍就过去了，睁只眼闭只眼挺好，走路遇见村长，说一声"吃了吗？"村长说吃了。两个男人一摩肩，就过去了，村师去学校上课。村长去村里工作。村师心里知道，村长不会办公室坐班，知道他坐不一会，就从办公室走出来，不去别处，去村师家。村师可以想象得出那个场面。于是，关上教室门窗，心猿意马地给孩子们上课。

一天，村长突然到村校来。平时，村长很少到村校来。村师见村长突然站到他跟前，一时光往上捧眼镜，不知村长到村校来干什么。村长叫村师将学生放了，说他有事。村师就叫学生排队回家。村长把村师叫到房间里，说："你会针灸，男人的病能不能针？"男人的病？村师放心里一悟，知道了。狗日的不行了？得男人病了？心里一阵窃喜，谁让你弄这么多女人哩！认为自己长得标致一点，村里有些模样的大姑娘小媳妇都弄遍了，一个男人能有多少活出？活该！村师也不对村长看，问："不行了？"

村长笑笑，说："有时行，有时不行。总之，不像先前那样召之即来，来之能战。能针灸吗？"

村师说："试试。"

村师让村长把裤子脱了，躺到他的小床上，拿出几根小银针来

会飞的小花帽

消毒。然后又用药棉将村长那东西擦擦，在会阴处按住一个穴位，就开始往下捻针。捻了捻，问村长啥感觉。村长呵呵地要笑，说，"痒哩。"村师看着村长那东西在他的针下肆无忌惮地增大。其人有其物，就跟村长一样桀骜不驯，村里少说也有二十来个女人领教过它的力度。村师由此也想到了自己的媳妇在它的攻击下呻吟过。于是，捻针的手，就慢了下来。最后，针一起，说，"好了。"

村长有些不信，"好了？"

不信你晚上试试。

村长晚上跟媳妇一试，真行。

没行几个晚上，村长又不行了，又来找村师，要求村师好好给他针针，不要老是行行又不行。村师嘴上答应，心里并不想让村长老行下去。他知道针会阴处的哪个穴能根治阳痿，知道针哪个穴不能根治。他并不想给村长根治。根治了，这家伙又要肆无忌惮地玩女人。村师就多动了一点脑筋，想把村长的快活权掌握在自己手里。村长也觉察出来了，村师在玩他。威胁村师，当心饭碗！村师并不怕村长，他知道除了他，就是到城里大医院，也不会有人知道男人会阴处有这个穴位。村长逃不了他的手心。教他的学，等村长上门来求他。

一连几天，村长没来找村师，买药吃。中国七鞭八鞭，美国的伟哥，眼都吃绿了，那"小村长"就是不起枪。急得没法，只好又来找村师。村师说："你让我给你治可以，但我要告诉你，下针的这个穴叫'忠侣穴'，针过后，你只能睡你自己的媳妇，不能睡别的女人，一睡别的女人，就出现反复。到时候你再找我针可就没用了，你这一辈子就别想再有女人。"

村长猴急得什么似的："只要能入港，快给我针吧你！"

村师认真说："你先别急，一个人私事，两个人公事，空口无凭，咱要立个字据。"村师把写好的纸条拿来让村长签字。"你保证不睡别的女人，如果违约，我让你永远不再是男人！"

村长说："好，一言为定！"

村师说："好，一言为定！"

第二辑　　幽默讽趣类

　　笑一笑十年少。现代人生活小康了，幽默少了，笑声贫乏了。生活和工作的压力压迫了笑声，家族矛盾、人与人之间的矛盾、上下级关系的矛盾，也在关闭一个人幽默闸门。这本书所选的幽默作品，也许会使你掩口一乐、捧腹大笑、拍案叫绝，重新开启幽默窗口，重新暴发笑声。

医　　怪

　　生病了，看医生，难免要吃药打针。如果一个医生不给吃药，不给打针，同样能把病看好，这样的医生不叫医生，叫医怪。

　　从前，光听说扬州出八怪，而今这巴掌大的马勺子镇，也出有三怪：王大嘴、李四挽子还有郝龙生。先说一怪王大嘴。其实很多人认识这个王大嘴，倒不是因为他嘴大，是因为他吹笛子用鼻孔眼儿吹，吹出来的调儿，跟人家嘴吹的一样好听。镇上人家出了红白喜事什么的，争着请王大嘴去吹，就凭这一手，王大嘴算不算一怪？

二怪李四挽子。这人大家应该更熟悉，镇西头那家"李氏武馆"就他开的。此人练得一身好武功，功运到哪，哪就跟一块石头似的硬！像有只小兔子在里边乱钻，任人用菜刀追着砍，砍出一道一道红印子，李四挽子眼都不眨一下。

三怪郝龙生。郝龙生在镇上开了家私人诊所，比起那两怪来，郝龙生更怪得有些离谱，这家伙，始终叫人捉摸不透。所以，这一怪，必须多交待他几句。

郝龙生小时候得过一次恶性疟疾，险点儿叫阎王老爷收走小命。病久了，他就躺在家里看医书，一边看，一边拿自个儿做实验，照医书上说的，自己买药吃。后来，疟疾好了，郝龙生也成了半个医生。

逢到邻居生病抓瞎，也请郝龙生看。他除了会用阿斯匹林给村人发汗退烧，另外还练就一手绝活——就是常常出其不意，趁其不备，猛给病人以一惊、一喜，或一怒，使得有些病人在病乱中的某种神经，在超意识的一刹那，得以恢复原状，从而也能暂缓病情，达到某种治疗效果。郝龙生总结这种疗法，叫郝氏"惊诧疗法"。说郝龙生是鬼也罢，人也罢，人家病人信这个，没打针，没吃药，病好了是事实。问问这病到底是怎么好的？病人自己说不清，连郝龙生本人也说不清。你说怪不怪？

一传十，十传百，郝龙生也就慢慢成了马勺子镇三怪中最怪的一怪。

一次，耿三庆的女人中午下工回来洗衣服。衣服洗好了，往绳子上晾。膀子这么向上一举，好好的，只听到膀根骨头轻轻一响，这膀子就立马下不来了，就那样举着，一动，疼得往死里喊娘。你说这事咋这么怪？这膀子咋就能上不能下呢？生产队里耕、挖、挑、割，男人们能干的活，三庆女人一样不落，从来也没说胳膊腿哪儿疼过，而今自家承包地里这点活，还把人的膀子干坏了？邪门了都！

会飞的小花帽

其实,像三庆女人这种情况,很平常。在中医学里,叫做单臂错臼,找个医生复一下位,也就好了。否则,那样举着是很疼的。

三榔头砸不出个闷屁来的耿三庆哪懂?他哪见过好好的膀子举着下不来的?跑过去,高枝扭青桃似的,抓住女人将那只举着的胳膊,硬是往下放。一连放了几次,也没放下来,疼得女人直喊,跳起来骂三庆,用脚踢三庆,踢得三庆不敢靠近她。

这也不是个办法,人的左手是享福的手,右手是干活的手。这右手老举着,干不成活咋办?三庆着急,迅速背起女人上诊所,找郝龙生打针去。

郝龙生也没见过举着膀子下不来的病人,根本不知道那叫单臂错臼,对三庆女人看看,说不出屁短尿长,针也不给三庆女人打,笑笑说:"你又文化大革命啦?要打倒谁呢?不举左手举右手,你右派呀你?"

三庆女人眼泪都疼出来了,骂郝龙生:"杀千刀的,没好死!人家都疼得要老命了,你还有心说笑话。真是别人害卵子,不在你头上疼!左派右派的,我就打倒你!你右派!哎哟……"三庆女人急得要上去捶郝龙生一下,膀子一动,疼得要笑又要哭。

三庆女人骂,郝龙生一点也不生气,仍嘿嘿地乐:"哎哟个啥呢?也不是头一回,都他妈叫三庆弄豁了口了,还疼?跟三庆过头遭喊哎哟,我也信。全镇男人掏出来比,就数三庆那狗日的东西得头号!"

三庆一听,在一边得意的要笑。男人听别人夸自己这个,比夸什么都开心。看女人疼得那样,三庆又不敢笑。就说:"郝先生,打一针吧,她疼哩。"

郝龙生仍那样尤兴未了,朝三庆眼一挤,说阴阳话:"我跟她打?我个子又瘦又小,那针头肯定可没你的粗呀?"

三庆女人也领会这句话什么意思,疼得要哭的脸,露了一下笑,说:"哎呀!你快给人家打吧,死人!粗呀细的粗呀细的。要粗的,晚上叫三庆去给你女人狠狠打一家伙!"

"那叫三庆晚上到我家去,你留下给我?"问三庆,"三庆,行不行?咱俩换一换?现在换女人,时尚。"

三庆要笑,看女人那样举着手,又笑不出来:"郝先生,你给她打吧,她疼哩。"

郝龙生不乐了。说:"那好吧,三庆,你先回避一下。我给人看病,有个习惯,不让别人随便看。要是让你看会了,而今是竞争社会,我这饭碗就没了。你先出去一下,我叫你进来,你再进来。"郝龙生把三庆推出门外,随手关上门。

郝龙生关好门,然后,不声不响地走到三庆女人跟前,嘻皮笑脸,把嘴往三庆女人脸上杵。

三庆女人不知他要干什么?吃蒜的嘴,熏死人!就推他,推也不走,硬往三庆女人怀里钻。三庆女人不知郝龙生到底要干什么?一只手举着不能动弹,就用另一只手去打郝龙生:"你要干啥?杀千刀的!"

三庆女人一厉害,郝龙生更是粘糊,又走上来,在三庆女人脸上"叭"了一口,手就伸过去拽三庆女人,往房间里拉。

三庆女人完全明白郝龙生接下来要干什么。死活不肯往房间里去。骂:"你要干啥死人?我可告诉你,别看我这一只手举着,我另一只手可是能打人的。你给我规矩点。"

"你打呀!你打呀!"郝龙生就去解三庆女人的裤子。

"死人,你还想真来呀……"三庆女人一吓,不要命地赶快用两只手去抓住裤带,用脚去踢郝龙生下身。

三庆在外边听到女人叫,转身就往屋里跑,迎面正好撞着郝龙生出来喊他:"三庆,进来。把女人领回去下地干活吧,好了。"

会飞的小花帽

三庆不大相信，跑进房间看看，女人两只手抓着裤子。

三庆女人那举着的膀子，没打针，郝龙生就给医好了。

徐二木匠的腰疼，郝龙生连膏药也没给贴，也照样能医好。

那天，镇上的徐二木匠在给人搞装修，往前下锯时，没留住劲，滑过了头，一扭，腰闪了。

说闪了就真闪了，一抬腰，妈也！疼得要命！整个人，就那样90度弓着！

早上起来，郝龙生正在刷牙。一侧脸，打窗口里看见徐二木匠弓着腰，头追着路面，一拐一拐往诊所走。知道是来看腰的。

徐二木匠刚跨进门，正在刷牙的郝龙生，手里的缸子，"咣当！"往桌上一扔，马上变下脸来，没头没脑就责骂徐二木匠："徐二，你狗日的来得正好，我正想找你说句话。听说你近来给人家打床，总要留一手？是不是？"

徐二木匠侧起脸，光愣着，不懂。

郝龙生又说："有这事吗？"

"啥？"徐二木匠仍愣着。

郝龙生往外边走走："哎我说，你反穿皮袄——装啥羊？咱们都是手艺人，你做木匠，我行医，都是社会的人。往大处说，为人民服务，往小处说，混碗饭吃。别他妈看到现在社会骗钱容易，就眼红。做人，还得讲点道德嘛，别尽干龌龊事，祖宗八代都叫人家骂完了，知道不？"

"啥意思？你啥意思？"徐二木匠疼得侧过脸来，问郝龙生啥意思。

"没啥意思。"郝龙生仍那么不阴不阳地说："你自己做的龌龊事，还问我啥意思？"

"你说啥呢郝龙生？我做啥龌龊事了？你给我说明了。"徐二木匠认真了。

"装啥呢?做了啥龌龊事,你自己不知道?前天,桂生女人来我这儿看病,还骂你狗日的专门做缺德事,没好死!走路叫车撞!行船遭风浪!养个孙子没屁眼!说你给他们家做的那张广式床,那简直不是床,是渣滓洞里的'老虎凳'!晚上睡上去,头下低,屁股底下高,喝下去的稀粥,要从口里往外回。我说徐二,你这一手学得真不赖呀?做这种床,实际能给男人增加快感,又能给女人治胃下垂,真可谓一举两得。你这项发明还挺高级。"

徐二木匠一听,火了:"你瞎说啥?什么男人快感,女人胃下垂的?你这不是无中生有?我徐家在马勺子做了几代木匠手艺,啥时做过这种龌龊事?你他妈跟我一块到桂生家去看看,看我做的那张广式床哪儿不好?"徐二木匠气得要死,艰难地侧起腰,上来拉郝龙生。

郝龙生也不示弱,嘴里的话更是不好听:"你狗日的还拉我?自己做的好事,还拉我去看啥?反正我是不会找你做床的,喊!"

"放屁!"徐二木匠气得忘记自己是来看腰的,不要命地去拉郝龙生。

"去你的!"郝龙生骂着,双手捧着徐二木匠的疼腰,使劲往后边墙上一撞。

"你敢打人?!你狗日的找死!我徐家跟你郝家往日无仇,今日无冤,你竟说出这等龌龊话来损我名声!"徐二木匠脸急成个紫萝卜,"妈的,老子今天倒要好好修理修理你狗日的!别看我徐二腰疼,一只手不打你小鸡子三个,做你孙子!"说着,撸起袖子,上来就要揪郝龙生的细脖子。

郝龙生一躲,突然不凶了。笑笑,双手匠做了个暂停手势。说:"哎哎哎!干啥干啥呐?你不是来看腰的吗?看看,腰好了没有?"

会飞的小花帽

徐二木匠愣住,直起腰,将信将疑地看着郝龙生,扭扭腰——日鬼的!一点儿不疼了!

穆罕默德大叔

哈萨克人天生一种幽默乐观的性格,穆罕默德大叔搭趟便车,说了一句笑话,几乎把所有人笑翻了。你看了你也会乐。

班车在石河子市停下来吃饭。

穆罕默德大叔早上走得急,只带了个干馕在兜里,他想吃碗拌面。走进饭店里去问那个开票的小巴郎,"羊肉拌面多少钱一碗。"那小巴郎说,"十块。"全新疆拌面都是七块一碗,咋卖十块?穆罕默德大叔冲那小巴郎眼一轮:"哎,小巴郎,你是宰羊嘛,还是宰人呐?"

那小巴郎一边忙,一边对穆罕默德大叔看了看,不屑一顾地说:"我嘛,不宰人,也不宰羊,专门宰兔,宰野兔,知道了嘛?"

知道了。一碗拌面卖十块,是因为班车上下来的乘客多,南来北往的乘客都有,有的"野兔儿",宰一次,下一次不一定大老远地再来新疆,不宰白不宰。穆罕默德大叔当地人,不想让他宰。就转悠到公路边的水泵下,喝水乘凉,啃干馕。啃完了,闭上眼,靠在树杆上眯会儿。

停车吃饭40分钟,穆罕默德大叔却眯了一个多小时。车开走了,这下麻烦大了!离乌鲁木齐还有一百多公里,这可咋办呐?老伴在女儿家住久了,要回家,打电话叫去接,这下接啥呐?

穆罕默德大叔急得光喊,背上烟褡子,沿着马路往前走。看见一辆拉煤车，头朝东，停在路边。穆罕默德大叔想，这车一定是去乌鲁木齐的。就走过去，看见驾驶室里坐着个女人。开车师傅钻在车底下叮叮当当修车，两条腿伸在车外边。穆罕默德大叔大声说："师傅，帮个忙嘛，去乌鲁木齐的班车开走了嘛。"

开车师傅钻在车底，只顾叮叮当当地敲，不理他。敲了好一会，开车师傅才从车底下钻出来。穆罕默德大叔连忙走过去，给开车师傅卷来一支粗粗的老莫合。说："帮帮忙嘛，去乌鲁木齐班车开走了嘛。"

开车师傅一边擦手，一边对穆罕默德大叔看："班车开走了跟我有啥关系？嗯？"擦完手，也不接穆罕默德大叔的烟，一拉车门，就要往驾驶室里跨。

穆罕默德大叔忙跟上去："哎呀朋友！帮帮忙嘛！两个离不开嘛，对不对？汉族离不开少数民族嘛，对不对？少数民族离不开汉族嘛，对不对？今天少数民族兄弟需要汉族兄弟帮助的时候，你就把车开走了呐？唵？这个样子不好的嘛，不要这个样子的嘛！"

开车师傅听了，就站住。问："你是干啥的？"

"哎呀，我是托里县的嘛，名叫穆罕默德，人家都叫我穆罕默德大叔，好人嘛。"

开车师傅又对他看看，说："咋帮忙？驾驶室里有人，我咋帮你忙？你只能坐在煤上。煤斗上能坐吗？"

穆罕默德大叔一听很高兴："行嘛朋友，坐哪都一样的嘛，只要把我带到乌鲁木齐就行了嘛。"

穆罕默德大叔今天遇上个好师傅，心里激动，车上了高速公路，他更是平静不下来，一个劲地跟驾驶室里开车师傅说话："现在西部大开发嘛，修高速公路好呐，又快又平，坐在车上嘛，就像坐沙发一样。记得四十多年前，我从托里县赶毛驴去乌鲁木齐嘛，噢哟！

77

会飞的小花帽

两个太阳出来了嘛，没到。三个太阳出来了嘛，没到。四个太阳出来了嘛，到嘞。噢哟！现在嘛，你看这车多快！噢哟！"

穆罕默德大叔坐在煤斗上噢哟噢哟，一会就噢哟过去了。高速公路，一百多公里，很快跑完了。

煤车开到了目的地。开车师傅只顾跟驾驶室里女人说话，脚一踩，"哗——！"就把煤往煤堆上倒。倒了一半，才想起翻斗上还有个人！连忙刹住车，跳下来看。看见穆罕默德大叔从煤堆里钻出来，眼睛鼻子都黑黑的，浑身直往下流煤碴。开车师傅心里好悔！急得直拍自己脑袋："哎！哎！"

穆罕默德大叔从煤堆上滑下来。站稳了。拍着头上脸上的煤灰，看开车师傅急得那样，不好意思地笑了笑，说："对不起嘛朋友，我把你车坐翻嘞！"

钉子与蜻蜓

他眼不好使，厕所里，蜻蜓当钉子，瓶子摔烂了！卖了东西回过头来，钉子当蜻蜓——哟！

他眼睛越来越不好使，随着年龄的增长，两只镜片就像两个厚厚的瓶底，公司里的人不叫他名字，叫"老圆"。

早上上班，科长说，"'老圆'，你到商店去买瓶胶水和墨汁，今天上午，要把会标搞出来，明天公司召开职工大会。"

"老圆"一听，不声不响找了个兜，就去商店。

东西买好了，走到大街上，"老圆"觉得小腹涨涨的，要解小解。他知道，现在大街上那些修得像别墅的豪华公厕，都是收费的。

一次五毛，两次一块。"老圆"不想花这冤枉钱。一泡大尿白尿给他，还收五毛钱，真不合理。"老圆"没那么多闲钱，就硬夹起腿，憋着往前走，想找一处不收费的小厕所。

"老圆"记得，这样的小厕所，前面烧饼巷子里是应该有的。找到烧饼巷，果然看到一个小厕所。"老圆"有些点迫不及待了，想立即扯开裤子放尿，手里的东西却没处放。小厕所虽然不收钱，但是里边很脏，到处臭哄哄的，没一处干净的地方。这些东西要是弄脏了，回去科长肯定要说的。还是找一个地方挂一挂吧。"老圆"瞪着眼对四边的墙上看，看了半天，发现墙上有个黑黑的小东西，像是根钉头儿撅在那儿，连忙伸手把兜儿往上挂。手刚一松，只听"啪！"兜儿掉在了地上。操！那不是根钉子头，是只调皮的小蜻蜓……

"老圆"气得光哼，从地上捡起兜儿，用手摸摸，里边的瓶子都碎成一把碴。黑黑的粘呼呼的东西，一滴一滴往地上滴，他气得直跺脚，要去找那只该死的小蜻蜓算账。

哎！就这样回去吗？就这样回去的话，科长肯定会批评的，说他没用，甚至还会因此上告经理，解雇他。"老圆"急得愣在小厕所里懊恼了半天，没办法，只好自己掏钱，再去商店买墨汁和胶水。

就在"老圆"从小厕所走出来的时候，负责打扫厕所的老头进来，看看地上玻璃碴黑墨汁，弄得到处都是，准是刚才解手的人没处挂东西才打碎的，就找来根小铁钉钉在墙上。哎！做件好事，于人方便，也于己方便。

打扫厕所的老大爷钉子钉好了，"老圆"去商店重新买了东西，又往回走。走不一会儿，又看到烧饼巷，到烧饼巷，又想到那个小厕所。想到那个小厕所，就觉得墨汁胶水碎得太冤，也就恨死那只可恶的小蜻蜓。"老圆"气得站住了，妈的！说不定，这会讨厌的小东西又悄悄地飞回来找死了哩。

于是,"老圆"恨恨地又拐进烧饼巷,走进小厕所,瞪着眼靠着墙看。看着看着,就看到一个小黑点,"老圆"心里特乐!你这可恶的小东西,还真的飞回来了!妈的!找死呀你?啪!气得上去就是一巴掌:"哎哟……"

车儿呀,你慢些走

出租车司机拉上客人,一个劲儿地跑。看着计算器直往上跳数字,客人说了一句话,让司机没好意思多收费。看看客人怎么说的。

他的车,总是第一个泊于广场显眼处,从出口处挤出来的乘客,一眼就能看到他的那辆红色桑塔纳。

一个"60型"的中年男子,背着个老式黑挎包走到他车前,问:"师傅,去天华小区吗?"

"去。"他不用看人,就打开车门。

从火车南站到天华小区,共两三站路,一泡尿的工夫就能到。一站两站,车也得同样开,同样停,同样踩油。他对小镜里的"60型"男子瞥了一下,像是第一次来省城,乡下人,陪他兜兜风,观赏观赏街景也不坏。于是,他由着计程器不停地报数字,只用一手抓方向盘,左拐,左拐,左拐……火车站、大直门、菊花街……拐了一个又一个圈。

坐他一边的"60"型男子,几天几夜的火车,早已咣当晕糊了!"桑塔纳"里虽然比火车舒服,但还是不经晕。晕来晕去,咋就老到不了天华小区呢?这天华小区还在地球上吗?儿子信上说,天华小区,离火车站只有两站路,两站路是两万五啊?

第一次来省城,为了好记住地方,他不停地拿路两边的参照物往脑子里存记忆……迅速向退去的高楼,大同小异。各式店铺,过目即忘。经过的几处广场公园中,都有一个"思想者"坐那儿,曲起胳膊支着膝盖,撑着脑袋……这个城市里咋这么多"思想者"?

转圈多了,他倒转清楚了:"师傅,天华小区还没到吗?"

他眼皮不抬:"快了。"踩一下油门。

他又看到前面一个同样的公园,一个同样的"思想者"。

"师傅,你们这个城市挺美呀!"

他仍不抬眼皮:"美啥?都看惯了。"

"我说的不是城市建筑,是说你们这个城市给人的感觉很有深度。"手对前面一指,"你看看,这已经是我看到的第八个'思想者'了。别的城市也有,可就没你们城市多。"

他眼皮抬了一下:他已经看出点什么来了?不会吧?八圈,他还没转晕?搪塞道:"大同小异,都一样。现在搞什么不图方便?复制。"说完,继续转。

"60"型男子并不认同师傅的"大同小异"说,"思想者"都一样,他能接受,可"思想者"旁边蹲一个拔草老头,谁的作品?法国雕塑家罗丹的"思想者",是象征意大利中世纪诗人但丁的形象,一个强有力的巨人,弯腰屈膝坐着,右手托腮,嘴咬着自己的手,默默凝视着下面被洪水吞噬的苦难的人们,陷入痛苦和永恒的沉思之中,体现了罗丹雕塑艺术蕴藏着深刻与永恒的精神,应该没有一个拔草老头呀?他自言自语地说:"你们这个城市的人是很有创意的,'思想者'旁边再雕一拔草老头,说明凶猛的洪水并没有淹死所有意大利人。"

他眼一亮,马上双手一拧方向盘,车拐进另一条街,往前开不多远，一踩油门："到了。"

终于到了。

"60"型男子伸了个懒腰："到了？多少钱？"

他眼皮不抬："20元。"

计程器上停住的红字是：80.32元。

请出示你的身份证

小两口渡蜜月，忘带身份证了，赶快打电话让家里人给寄来。快递到了，连忙到邮局去取。柜台里的绿色小姐邮戳一磕："请出示你的身份证。"

啊！身份证！千万别忘了。

小两口度蜜月，决定去南方。

经过几天的飞机、火车，到了南国著名的大都市，来到一家三星级大宾馆。

这是全市最有名的高级宾馆。坐在柜台里边的小姐很客气地说："对不起，先生，登记时，请出示一下你们的身份证，好吗？"

"身份证？"年轻的丈夫一听，手在衣袋里到处抓。"天！该不是忘带了吧？"

年轻的妻子，也过来帮他翻包。记得前一天晚上，就将两张身份证放一起的，说："可能，可能是忘了。"就站起来，对那小姐说，"因为我们走得很急，到了飞机场，离飞机起飞，还有5分钟。"

年轻的丈夫，又很和气地对服务员说："小姐，我们确实是好人，肯定不是本·拉登。你看，刚结婚才几天，能是坏人吗？"

小姐听了也觉得好笑，没听说过，坏人就不能结婚，或者结了婚的，就不是坏人。觉得这话，明显哪也挨不上。她仍然很客气地说："先生，倒不是说，坏人才一定要出示身份证，好人就不要出示身份证。身份证，就是为了证明你的身份，证明你是共和国的公民，应该看成是一种很荣耀的事。其次，才应该说是我们的服务制度。这个制度为了你，为了我，也为了全社会。请你再仔细找找好吗？"小姐说起话来，就像往茶盘里倒豆子，又轻又快，让人听不出一点带结的地方。

　　小两口只好再找。一直找到晚上八点，一无所获。

　　年轻的丈夫，彻底灰心了，说："哎呀，小姐，能不能先灵活一下，让我们先开个房间住下，以后再补手续，行不？"

　　小姐仍很客气地说："这是规定,连中央首长来了,也不能例外的。如果你例外，他也例外，这还叫什么制度？对不对先生？"

　　年轻的丈夫，脸红红的，直冒热汗，拿出手帕擦擦，有些无奈，说："我们是第一次，来到你们这座城市，总不能把我们撵到大街上去睡吧？想想办法嘛。"

　　小姐一笑，红红的小嘴儿又动起来："先生，你这就难为我们当服务员的了，你自己没带身份证，怎么能说我把你们撵到大街上去呢？是不是？我看，唯一能解决问题的办法，只有一个，你们先找个地方暂住几晚，赶紧打电话回去，叫家里寄个特快邮件，把你们的身份证寄来。要知道，在我们这个城市里，不带身份证，许多地方，都会遇到同样的麻烦。"

　　小夫妻俩，只好按小姐说的，到郊区找到一个同学的亲戚家，暂住了几天。第四天，特快邮件到了。小两口高兴极了，赶快到邮局去取身份证。

　　到了邮局，年轻的丈夫，连忙把取货单，递给柜台里边那个绿色的小姐。

绿色小姐接过去，看看，抓起黑戳儿，使劲一磕，顺便伸过手来："先生，请出示一下你的身份证。"

我的朋友在杭城

杭城的朋友，南方人，人非常好，小巧玲珑，热情好客，说不完的话。可是，吃饭时也说不该说的话，别人还能吃得下吗？

这次杭城笔会，只有三天时间。我一定得抽空去看一下朱以明。知青返城后，我俩就再没见过面。听说他后来考了医学院，分在工人康复中心。

找到工人康复中心，朱以明愣了半天才认出我来。激动得双脚一跳，抱着我的双肩："不得了哇！刘殿学哎！你从哪冒出来的哇？"一口的南方普通话，听起来亲切极了。

我告诉他，这次是来杭州参加一个小说笔会，就想来看看你。

朱以明又一跳："不得了哇！你当作家了？我说嘛我说嘛，那个时候，我们知青组八个人，就你会编会写。你还在新疆？你看看，你看看，不得了哎！大名人了！"

"哪里哪里，哪有你们医生吃香？人家说，医生手里一把刀，想敲多少敲多少。"

"你瞎说哇，敲病人的钱，不怕丧良心哎？"

"反正作家没有你们当医生的吃香。"

"医生整天跟病人打交道，臭药水难闻死了哎！吃什么香啊？"

朱以明把桌上东西往抽屉里收拾收拾。说："哎刘殿学，去街上喝茶吧?"

南方人喜欢喝茶。朱以明带我来到一家"万年青"茶楼。要了两小杯茶。然后,又要了两小杯咖啡。那蓝花杯子也真够小的,四杯水加起来,我一口能喝完,朱以明却叫我慢慢喝。

我们一边喝,一边海阔天空地聊。聊了一个多小时,我的两杯水早喝完了,朱以明的杯里才喝了一半,我觉得很不好意思。他要给我再续,我说喝好了,实际上一点也不解渴。

茶喝完了。朱以明说:"走,咱们到天湖步行街吃小吃吧?那里的小吃是很有特色的嘞。"

朱以明一说,我就站起来要走,因为我肚里觉得好饿。

到了步行街,朱以明说:"哎刘殿学,咱们先吃肯德基吧?我知道你们新疆人爱吃。"

我知道那玩意儿是很贵的,两个人,没有一二百块下不来。就说:"电视里说那玩意儿含苏丹红。算了,随便吃什么都行。"

朱以明说:"没事没事,'苏丹红'要上到一定比例,对人体才有害的。我是医生,我不知道哇?走!"

进了肯德基,朱以明就去买单。我知道,这时候跟朱以明客气,肯定拉扯不过他,就老老实实坐着等吃。

单收走了,服务员没端来肯德基,只端来两小碟薯条。

朱以明一个劲地叫我吃,不要客气。

不客气,朋友在一起,饿了,就吃呗,吃完还有肯德基哩。两口,就把一小碟薯条吃完。看看朱以明,人家到底是南方人,吃有吃法,喝有喝法。先用亮亮的小叉子,叉起一条细细的薯条干,先靠到眼镜片上欣赏半天,然后放到嘴边,选择好下口的地方,然后嘴朝上,从薯条尾尖上,轻轻地咬一点点。龇着齿细嚼细嚼,细细嚼。一条薯条足足吃了二十分钟。我呢,一碟没吃到两分钟,新疆人能吃!

朱以明见我跟前的小碟子空空的，问我要不要再来点。我说吃好了。说实话，要真吃好了，少了十碟二十碟结不了帐。

吃完薯条，眼睁睁地看着小姐偏不往我们桌上送肯德基。肯德基飞了！

朱以明又带我继续沿着步行街往前走。走到一家小吃店，朱以明问我想吃什么。我什么都想吃，就是不好意思说，无论如何得给新疆民族同胞留点面子吧。

他见我不肯说，就主动进了一家小吃店。要了一盘猪肝，盘里只有薄薄的五六片。我好佩服人家南方师傅的刀功，那猪肝片薄的！说话声音一大，能飞起来。其实，我平时不太喜欢吃猪肝。

朱以明见我不肯吃，就动员我吃："哎哎哎刘殿学，你们当作家的应该多吃猪肝啊。人家说，吃什么补什么，从医学观点上看，也是有道理的。多吃肝，对你的肝是很有帮助的嘞。这猪肝跟人肝的功能是一样的哎，知道不知道？你别看这猪肝，实际上，要比你的肝还健康的嘞。你抽烟，猪不抽烟，一点尼古丁都没有哎。你看看，这肝上清清楚楚，没有乙肝病毒，没有非典病毒，也没有肝癌的病灶。你咋不吃……"

"啊！"我突然感到刚才吃下去的几根薯条要从胃里往外钻，赶快问："小姐，洗手间在哪？"

会飞的小花帽

儿子坐火车，不停地乐，不停地动，周围人很讨厌。父亲没法，一把抓下儿子的帽子，骗他说：好好安静一会儿，帽子就会飞回来的。看看父亲这一手的后果。

86

第二辑 幽默讽趣类

我乘坐的国际列车由哈萨克斯坦开往乌鲁木齐。对面座位上是维吾尔族父子俩，小儿子特别可爱，五六岁，虎头虎脑，乌亮乌亮的大眼睛在眼窝里陷得很深。他们像是第一次坐火车，特兴奋！小儿子一会把手伸到车窗外去呼风，一会又把那小茶桌上的水果皮往窗外扔。有时还想爬上小茶桌看远处的天山。

我觉得这样太危险，就设法制止他："小朋友，别动！你一动，火车就不跑了。"

他们都能听懂汉语，那年轻的爸爸马上唬儿子："坐好坐好嘛！"硬拽小儿子坐下。

小儿子不坐。

那年轻的爸爸在小儿子背后拍了一下。拍那一下，是爱，不是打。小儿子也感觉出来，手脚更放肆地大动起来。于是，那年轻的爸爸忽然一伸手，摘下小儿子头上那顶小花帽，手先往车外一伸，马上沉下脸，说："帽子呐？唵？帽子哪里去了嘛？唵？快坐下！只要你坐下不动，帽子马上就会飞回来的嘛。"

小儿子脸都吓乌了，到处找自己的帽子。

那年轻的爸爸又说："坐下别动嘛，帽子马上就会飞回来的嘛。"

帽子飞走了怎么还能飞回来呢？小儿子老老实实坐在爸爸的怀里，两只大眼睛扑愣愣地望着窗外，祈盼着帽子能快些从窗外飞回来。

其实，帽子并没真的扔，只是那年轻的爸爸把帽子抓在手里，往车窗外边一伸，又迅速收回来，藏到自己身后，这是许多大人们常用来唬娃娃的小伎俩。这一着还真灵，竟唬得小儿子两眼都直了。

那年轻的爸爸一时显得特得意，说："哎！好了嘛，来嘛，听我喊一、二、三，喊到三，帽子就会飞回来的嘛。一、二、三！"那年轻的爸爸嘴里喊着，手从身后迅速将帽子往出一拿，"瞧瞧，帽子又飞回来了嘛对不对？"

87

会飞的小花帽

小儿子一见，惊喜得两眼直扑，夺过自己的帽子："哟！好了好了，帽子飞回来了！"

列车一刻不停地往前行驶。

那年轻的爸爸玩过这一手，便得意地打起盹来。

小儿子对他看看，忽然一伸手，抓过爸爸头上的那顶崭新的小花帽，往窗外一扔。

那年轻的爸爸猛一惊，醒了。等他明白过来是怎么回事时，那顶崭新的小花帽，已经摔在火车后边看不见了！他伤心得"啪！"在小儿子头上使劲地拍了一下。这一下不是爱，而是真打。骂道："傻了嘛？唵？你咋真扔呐？！"

小儿子望着爸爸生气的脸，嘴一撇，哭着说："打我干什么嘛？我还没喊一二三哩，知道不知道？"

"噗！"我到底忍不住笑出声来。

听话听音

听话听音，锣鼓听声。看看她说了一句什么话，在她家做工的小伙就吓成那样。

进了冬日，机关里家家装修房子。

今年，她住上政府给的廉租房，她也想把客厅和房间刷刷新。丈夫不在家，快过年了，不等丈夫回来，她自己到劳务市场去找刷墙民工。

劳务市场上搞装修的人很多，一个个夹着漆刷，蹲在街边等顾主来。

一看见她走进来，个个争着说自己的材料质量好，都想跟她走。

第二辑 幽默讽趣类

她看了看，就选了一个十七八岁的四川小伙子，小伙子人老实。她走过去问："你有乳白色涂料吗？"

小伙子说："有，大姐，你要刷啥子地方嘛？"

她说："刷客厅和房间。"

小伙子就顺着她的话说："大姐，你内行噢，客厅和房间刷这种颜色最好，柔和。"

小伙子干活很认真气，上午打腻子，下午就开始刷，墙刷得又白又平。

她看看，觉得很亮堂。

中午，叫小伙子不用到街上去买馍吃，她说她给他做饭。

天黑了，小伙子刚走，她丈夫就从外地回来了。

丈夫进了门，灯一拉，看见屋里很亮堂，心里高兴，知道妻子在家找人刷墙了。来到房里，往墙上挂衣服，手一摸："哎呀！房间里也刷了吗？"

"刚刷，还没干哩，你用手摸了？"

她走过来看看，刚刷好的墙上，被丈夫碰了个大手印，心里很可惜，嘴上却说："没事的，明天人家还来刷哩。"

第二天，丈夫一早就去上班了。

那个刷墙的小伙子继续来刷墙。

小伙子走进屋，她还在房里梳头发，今天头发特别乱，不梳不能见人的。她一边梳，一边对外间的小伙子说："小师傅，你来得好早，你到房里来一下好吗？"

"啥事，大姐？"小伙子冷得直搓手。

"我想麻烦你一下，把我丈夫昨晚上用手摸过的地方，再弄一下。"

"啥？！"小伙子没听清。

89

"请你把我丈夫昨晚用手摸过的地方,再弄一下。"

好一会儿听不到外间有人说话。她出来一看,小伙子不见了。

小毛驴进城

过节,穆罕默德大叔赶着小毛驴儿进城卖牛奶,遇到的几件事,让他哭笑不得。

天不亮,穆罕默德大叔赶着小毛驴儿,往县机关大院送牛奶。今天"古尔邦"节,两桶牛奶一会儿就打完了。牛奶卖得早,穆罕默德大叔将小驴儿往路边小树根上一拴,到一楼的玉素甫老汉家抽烟。出来的时候,一个倒垃圾的女家属问:"这毛驴是你的吗?你看看这棵树!树皮都被它啃完了。没皮,这树还能长吗?这么漂亮的一棵小树,多可惜!爱护树木,你不知道吗?"

穆罕默德大叔劈头盖脸挨了女家属一顿骂,看看那棵没皮的小树,心里又气又难受,使劲拍了小毛驴一巴掌,"让你在这儿拴一会嘛,叫你啃树了嘛?唵?你这嘴咋到处乱吃呐?唵?这风气不好的嘛!你乱吃,我们当家属的受人家脸色,你知道不知道呐?"

那女家属听听,觉得这种话特往心里去,这老哈萨!拿驴说谁哩?手里的垃圾兜,重重地往垃圾箱里一扔:"咋说话喃你?你说的是人话还是驴话?"

"我说的人话嘛!我说的这个话,驴能听懂,你听不懂嘛?唵?"

那个女家属瞪了穆罕默德大叔一眼,骂了一句神经!转身进楼。

神经?我咋就成了神经呐?穆罕默德大叔心里窝着气,往小毛驴屁股上重重地抽了一鞭,小毛驴浑身一抽搐,拉着轱辘车满街跑。

到了交道口，也不看红灯就过。

一个高个子交警小伙儿走过来，啪！对穆罕默德大叔敬了一个并腿礼，说："对不起，你闯红灯了！请你把车赶到路边来。"

穆罕默德大叔对交警小伙儿看看，老老实实下车，把车往一边拉，嘴里不停地骂小毛驴："到了城里，红灯你都敢闯嘛？在城里敢闯红灯的都是什么人，你知道嘛？噢哟！不要这个样子的嘛！"

穆罕默德大叔没说完，小毛驴儿忽然发现那边人行道上过来一头拉青货的小母驴，马上兴奋地扬起头，吭——！吭！吭！吭！拉起轱辘车，跑过去跟那小母驴亲热。

穆罕默德大叔倒乐了："噢哟！不要这个样子的嘛！才进几次城，咋就学会泡妞儿了呐，噢哟！"

那个高个子交警小伙儿也被逗乐了，对穆罕默德大叔看看，挺幽默。一挥手："走吧走吧！不罚你了，下次注意。"

下次一定注意！知道了朋友！穆罕默德大叔坐上车，对那个高个交警小伙挥挥手："朋友，明天大叔送新鲜牛奶给你喝！"鞭一甩，"驾——！"

圣伯纳之死

捡到一条小狗，准备第二天到原处还给失主。他没见到失主，倒看到一则告示："谁捡到小狗，奖一千元。"他一看，今天不给的话，第二天可能就是两千，第三天……最后什么结果？

九丙从小没娘，十几岁混到城里捡破烂，捡到三十来岁，还是一个捡破烂的。

会飞的小花帽

今天礼拜天,新建的电信大楼开业。九丙来捡废纸。捡着捡着,九丙发现一只小狗老跟在他后边走。小狗很好看,浑身毛白如雪,没一点杂色。九丙逗它,越逗,小狗越喜欢九丙。

捡到天中,九丙要回去了。小狗也颠颠地跟着九丙走,一直走到九丙的小棚棚门前。小狗喜欢九丙,用舌头舔九丙的脚,跟九丙亲极了。九丙想,这小狗一定是认错人了,错把他当主人了。哎,可爱的小东西,你一定是饿了。吃啥呢?九丙在棚棚里到处找,没找到小狗吃的东西。九丙就把小狗抱起来,到小店去给小狗买面包。小狗不吃面包,只是舔九丙的手。

天快黑了,小狗的主人也没来带走小狗。

街上的路灯都亮了,小狗的主人还是没来带走小狗。

第二天,小狗的主人还是没来带小狗。

吃过早饭,九丙抱着小狗,来到昨天捡纸的电信大楼跟前,想看看是谁丢了小狗,人家一定很着急的。无意中,九丙往电信大楼墙上一看,一张寻狗启事:

昨天十时许,本人在电信大楼前,不慎丢失了一条纯白圣伯纳小狗。有知情者,请告知以下电话:1234567,当面酬谢人民币一千元。

天!当面酬谢一千元?那这条小狗值多少钱哪!九丙对那张白纸看看,又对手里的小狗看看,一转身,抱着小狗回到自己小棚棚,在一大堆破烂中翻了翻,翻出一个小小的窝,把小狗放在里面,盖严洞口。

第二天,九丙来到电信大楼一看,那儿又贴出一张新的寻狗启事:

前天十时许,本人在电信大楼前,不慎丢失了一只纯白圣伯纳小狗。有知情者,请告知以下电话:1234567,当面酬谢人民币两千元。

天!两千!要是再有两千元,我就可以租一个单元楼了!这小狗怕值好多好多钱吧?!两千,九丙并不想把小狗交出去。从小店里又买来一些吃的，放到小狗的窝窝里。

小狗不吃。

小狗反抗。

小狗绝食。

小狗发出一声声哀鸣。

第三天天不亮，九丙就来到电信大楼前看新的寻狗启事：

大前天十时许，本人在电信大楼前，不慎丢失了一只纯白圣伯纳小狗。有知情者，请速告知以下电话：1234567，当面酬谢人民币五千元。

天！五千！今天出五千！明天就会加到八千一万的！啊哈！九丙喜欢得简直要疯了！

第四天天不亮，九丙到电信大楼前一看，小狗的主人急得用一张红纸写寻狗启事：

上个星期天，上午十时许，本人在电信大楼前，不慎丢失了一只纯白圣伯纳小狗。有知情者，恳请速告以下电话：1234567，当面酬谢人民币一万元。

一万元！天！一万元！九丙连忙回去抱小狗。跑到小棚棚里，掀起狗窝窝，小狗死了！

历史文物

什么东西有了点历史，就值钱。一堆碎砖，如果说成历史文物，有人信吗？

会飞的小花帽

旺根在城里打工，小芹在家里种地。农闲的时候，小芹也想做点生意，她准备把房子朝街的后墙打通，开间小店。可是，房子后边不远，有堵破庙墙塌在那儿，弄不走，就给旺根写信，让旺根回来帮她弄。

旺根回信说，没空，工程队承包的一座大楼正砌到了18层，老板不让走。

小芹接到信就哭，忙！忙！一年到头忙！做你老婆真倒霉！又写信，说，再不回来，咱就离！

旺根接到信，知道小芹说的气话，小媳妇哪有不想男人的？就打手机，直接跟小芹沟通。

"喂，芹吗？"

小芹一听是旺根的声音，又喜又气，说："啥芹妈？你姥姥！"小芹说了这句气话，又觉得好笑。

"哎！芹，芹，你别急哈，那堵破墙是不是？我真想回去帮你弄哎，可是，可是……"

"可是什么？可是你有二心了，对不对？"

"哎呀不是，老板不让走嘛，走了，年终结不到工钱！你说都干大半年了，得不上钱，多亏呀，是不是？嗯……这样，我给你想了个点子，保证不用你动手，一晚上，那堵破墙就有人帮你干完了。"

"别说疯话！手机不收话费呀？"

"真的，我跟你说哈，我请人给你写张广告往那儿一贴，就有人给你把那堵破墙拆完了。"

"你贫嘴，在城里混坏了是不是？哼！"小芹要挂电话。

"哎哎哎，不是，我是看到一篇小说里写的，这个办法准行哩。"

当晚，旺根就真的把广告词发到小芹的小灵通里。

小芹一看，觉得好笑，旺根在城里到底学得多了，也会鬼点子哩，找张纸，把广告抄出去。

各位乡亲：

据有关部门考证，这座古庙，是王母娘娘庙，距今已有一千多年历史，属国家二级保护文物。根据国家文物保护条例，所有散失在民间的砖瓦梁椽，要一一收回。现存的这堵旧墙垣，任何人不得再擅自拆取，省文物考古专家，近期进驻考察。违规者，按国家文物保护条例处罚。

谢谢合作！

文物管理协会

广告一贴出去，就有许多人驻足观看。

第二天一早，小芹打开后窗一看，那堵破墙垣，拆得一块砖角也不留。

地球仪

讲台上地球仪总是倾斜23.5度，同学说是有人弄坏了，可信。校长也如是说，正确吗？

下午，督学要到初三二班听王老师的课。

王老师心里有些紧张。校长说，不要紧张，先好好准备一下。跟同学们通个气，课堂回答问题，要慎重一些，不能像平时信口开河。

上课铃响了。

会飞的小花帽

校长领着督学往二班教室里走,一直走到教室最后一排的椅子跟前坐下。

教室里鸦雀无声。

王老师到底是多年的老教师,这节地理课,上得一点没的说。他一手转动讲台上那个地球仪,一手在黑板上板书,那样老练,那样自如,好像世界上所有的河流山川、气候物产,都装在自己肚子里。连那个听课爱挑毛病的督学,小本上也没记下什么东西。

下课了。王老师夹着书,首先走出教室。

接着,校长陪着督学走出教室。

没走几步,地理课代表捧着地球仪,往老师办公室送。

督学喊住捧地球仪的女同学,问:"哎小同学,你说说,这个地球仪,为什么总是倾斜23.5度呢?"

那个女同学站住了,脸上红红的,说:"上课前,我到老师办公室里去搬的时候,就是这个样子的,不是我弄坏的。"

旁边两个女同学也来帮她说话:"是的,刚才还是我们一起帮她到老师办公室里去搬的哪,搬来时就这样,不是她弄坏的,她是我们班的地理课代表,是全校的三好生。"

督学一笑,又问另一个男同学:"你说说,这个地球仪为什么倾斜23.5度呢?"

那个男同学莫名其妙,张着眼:"我不知道,我刚刚上过厕所回来,不是我弄的。"

校长看督学一连问住两同学,就上来解围。笑笑说:"督学,这不能怪同学们,不瞒你说,我们学校经费紧张,这个地球仪是我从地摊上买回来的。买回来就这么斜着,怨不得同学们。"

第二辑　幽默讽趣类

红车的故事

汉字"车",一种是指能骑的两个轮子的车(che),一种是棋盘上纵横的车(ju)。这一车(che)一车(ju)闹出笑话来了。

龙儿一早起来去门前树下放尿,发现树下一个圆圆的木疙瘩,脚拨过来看看,一只红车。肯定是钱总家山子昨晚在这儿下棋丢的。听风声,公司各科室都要减人。有机会,多在钱总跟前说说话,也能给他留个好印象。

龙儿系好裤子,来到钱家小红楼。

小红楼大门关着。

今天星期六,钱总要睡懒觉的。

龙儿想敲门,刚抬手,一想,不能敲,一大早把领导吵醒了可不好,走吧。可低头一看,自己的双脚已经在门前的红方毯上印出了两大大的脚印。

上班了。

龙儿一手提着四只暖瓶下楼打水。公司规定,效益不好,各科室不准用电烧水,一律到楼后边的伙房打开水。

"总经办"打水一般都是龙儿,龙儿文凭最低,大专毕业。龙儿提着暖瓶刚走到二楼,听钱总一边上楼,一边跟人在说话:

"怪不怪?今天早晨天还没大亮,就有人敲我家门。我起来开开门看看,鬼影没一个,看看门前红方毯上还留下两只大脚印,你说会不会是小偷?"

97

会飞的小花帽

那人说:"难说,现在小偷胆特大!"

龙儿听了,不知怎么办才好,摸摸口袋里那只红车,想趁机给钱总解释一下:"钱总,嗯……"

"龙儿,打水去?"

"嗯……"

龙儿突然发现钱总今天好像故意跟他说话,实际上,问不问他去打水都没关系,"总经办"、会议室和活动室的开水,一直都是我龙儿打的,这不是明知故问吗?他是不是想趁机看看我的表情?看看我的脚?像不像进过他家别墅的那双脚?……不对,这件事一定得心平气和坦然自若地向钱总解释一下,否则,会更说不清楚的。

龙儿把水瓶放到"总经办",钱总不在,等一会吧。还是先去趟厕所,先做一下准备,跟当官的说话尿多!不知咋哩,觉得全身的小坎儿,都暗暗地一起往下边小水库里集中。赶快先去放泡尿,要不跟钱总说了一半,要尿尿,那多不好。

龙儿溜进厕所,正哗哗作业,忽听身后弹簧门吱呀一响,又进来一个人。

龙儿转过头,旁边大镜子里看到的那人,不是别人,正是钱总!

龙儿突然觉得浑身一紧,就全乱了,心也嘭嘭地跳开了,尿线线越来越细,最后还是断了,那小水库里还觉得热热的,暖暖的,咋使劲也出不来线线了,赶紧往尿池一头挪,挪出好宽的地方留给钱总。

钱总目不斜视,只顾作他的业,在厕所里,随便对别人看,是不好的,只管尿就是了。钱总尿得很快,也很响,十二寸泵似的,响得那样旁若无人,一会儿就痛痛快快响完了。一边快活地打着寒战,一边将手里的东西,捋干净了,才对旁边人看,看是龙儿。

龙儿脸红得要出血。

钱总一边拉裤链，一边问："咋了龙儿？"

"我，我……"

"你不放尿，到厕所来干吗？"

"不，不是，我，我习惯一个人……"

钱总听了要笑，说："喏，大小伙，都快要结婚了，还这么害臊？男人跟男人在一起，大同小异，有啥好害臊的？没出息！"钱总说着，随手拍了下龙儿的屁股。

钱总这一拍，彻底拍闭龙儿的尿路，钱总走了，剩下龙儿一个人，咋使劲，也出不来尿线。

龙儿看看表，上午时间不多了，下午再找钱总谈吧。他要下班，又觉得小腹涨涨的，就回头上厕所。

到了厕所，咋使劲，就是不出尿线线。咋这么怪？钱总手上有魔法？他一拍，就把尿线线拍进去了？不信，再使劲，再使多大劲，闸门也不开！这咋办？闸门不开，里边还在不停地往小水库里集中，这不要命嘛！

龙儿赶快偷偷去楼后边的机关门诊。

大夫看看说，急性神经性闭管。叫他躺下，拿根软软的细管子一捅，闸门开了。

龙儿没事人一样，又回来办公室。

一会儿，下班铃响。

走到二楼拐角处，龙儿又看见钱总站那儿跟另一个人说话，好像在说某个小伙虽然没什么高学历，水平还不错，就是人太粘糊。

龙儿站住了，听。钱总说的这人该不是我吧？我是没有高学历，只有大专，现在博士硕士研究生，多如牛毛，大专文凭在这这个高科技公司里，只能归到幼儿园大班去，能得到领导一声认可，是非常不错的。钱总说我粘糊？我什么时候迷糊过？哎呀！早晨把脚印印在钱总门前红方毯上，立即向钱总解释一下就好了？

"钱总，嗯……"

钱总停住跟那人说话，转身望着龙儿："有事吗？"

龙儿颤颤地说："也没，没什么大事。如果您有时间，就是说不太忙，也就是说没有十分着急要处理的事的话，我，我希望必须马上立即向钱总解释一下……"

钱总马上丢开那人，转身正面对着龙儿："你有什么事，这么拐弯抹角？"

龙儿正色说："我想问您，不，或者说是向您打听一下，您家最近丢东西没有？"龙儿看着钱总的脸，"啊，您别误会，我指的不是什么贵重的东西。"

钱总有些莫名其妙，吃惊地问："丢什么东西？我不知道。"

"这么说，这东西不是你家的了？"

钱总更加吃紧起来："你指的什么呀？我一时间怎么想得起来？"

"那你们聊吧。再见！"龙儿要走。

钱总见龙儿神秘兮兮的样子，可能是旁边有人，不好说明，就跟着下楼去，叫住龙儿，顺便用指头在楼梯扶手上写了个"车"，问龙儿是不是这个。

龙儿很诚实地说："对，很对钱总。"

钱总问："是不是红的？"

龙儿很诚实地说："对，很对钱总。"

钱总听了很高兴，马上说："在哪儿龙儿？我这就跟你去取？"

龙儿很诚实地说："不用，钱总，我中午给您送去，因为还有点小事想麻烦您。"

钱总对部下有事要上门找他，很敏感，说欢迎龙儿去。

第二辑 幽默讽趣类

龙儿觉得自己刚才在钱总面前说话很有水平,午饭一吃,来到钱总小红楼,笃笃笃,重重敲了三下。

屋里女人惊得大声问:"谁呀?不能轻一点?鬼子扫荡啊?"钱总夫人气呼呼地拉开门。"是你呀?龙儿,有事吗?"

钱总在里屋听到了,说:"来来来,让他进来。"钱总只穿花裤衩,摇着扇子走出来,"龙儿,车真的找到了?"

龙儿很诚实地说:"是的钱总。不过,这字不念车,应该念车(ju)。"

钱总一笑,说:"兔崽子,还跟我咬文嚼字!你是在哪儿找到的?在公安局吗?"

"不,就在咱楼门口。"

"楼门口?不可能呀,山子上学在学校丢的呀?"钱总喊房间里儿子,"山子,你的车到底在哪儿丢的?跟龙儿去看看。"

"不用钱总,我已经带来了。"龙儿说着,从口袋里掏出那个红色棋子。

钱总两眼一立:"啥?浑小子!我说的是那辆'梅花牌'山地车!你拿玩意儿糊弄我?嗯!"

龙儿跟着钱总后头解释说:"这棋子一定是山子昨天在楼前下棋丢的,丢了一只就损一副……"

钱总掉过头来:"不是丢的,是我扔的!不好好学习,成天就玩那玩意儿!一副我全扔了,你捡一只回来屁用?"

"不,钱总,我……"

"我什么我?怂恿他不好好学习,我连你一起揍!"钱总的脸立即变得恐怖起来。

龙儿下楼时出了一头汗。

回到家,往床上一躺,饭也不想吃。躺了一会,还是出汗,头嗡嗡的,手也有些发烫。认真想想,不对,一定是我说话方法不对,我必须重新向钱总解释一下。于是，龙儿打起精神，又来到小红楼。

"笃，笃笃。"很轻。

"谁呀？"钱总夫人开开门。"又是你？还有事吗？"

龙儿一侧身，挤进门里："不，姨，我一定向钱总解释清楚。"

"谁呀？"钱总被吵醒了。

"我，钱总！"龙儿马上说。

钱总一拗身，坐起来："见鬼！你给我滚！"

钱总夫人听见吵的声音大了，就走过来拉龙儿："对不起，他这人，一生气就失眠。再说，这叫啥事嘛？你一趟一趟往我家跑？你把它扔掉不就省事了？年轻轻的，真迂！"

龙儿也失眠了，第二天早上起来，眼睛周围多了一道黑圈儿。下楼打牛奶，楼梯上一滩一滩地白。

二月里来

她本不爱唱歌，但在饭馆里打工，老板让她不停地唱，结果还真能亮两嗓子，老板是真心培养她吗？

今晚，平安里举行社区群众文艺会演。

大幕拉开，台上一位小姑娘，红裙绿裤。只见她对一边的乐队微微一颔首，手将大辫捋到身前。唱："二月里来好风光……"

一唱完，台下观众，"哗！"一阵掌声，要求她再唱一个。

那个小姑娘，光站那儿，不知是下台去，还是再唱，转过身来，光对后台看。

导演走上来，小声叫她再唱一个通俗的。

她就对一边的乐队说了声什么，接着就开始唱，《我是风》。

唱完了，台下年轻人，齐声往死里喊叫。

两首歌，评委们一致给了高分。并一致认为，这个小姑娘卓尔不群，是个好苗子，很有声乐天赋，若是能够得到正规的培养和训练，参加下一届中央电视台青年歌手大奖赛，肯定能拿奖。那个胖胖评委招招手，把小姑娘叫到台下来问："你叫什么名字？"

小姑娘怯生生地说："俺叫李小红。"

"多大了？"

"十八。"

"哪儿人？"

"山东。"

"你以前搞过吗？"另一个评委也插上来问。

小姑娘听不懂，有些不好意思，眼光对那人看："啥？你说啥大爷？俺还没有对象哩，搞什么搞？"一扭，转过脸去。

听的人要笑。

那胖评委一字一顿地解释："就，是，说，你，上，过，专，门，唱，歌的学校没有？"

小姑娘说："没有，俺在村里只上到初二，后来就没上了。"

"那么，平时有老师教过你唱歌吗？"

"没有，没有老师教。"

"那你的歌为啥唱得这么好？太不可思议了！"

小姑娘听人夸她，有些腼腆。"不好，好啥好？都是俺瞎唱着玩的。"

"不，你不要怕难为情，我们在认真跟你了解情况，你现在哪儿工作？"

小姑娘说："俺在'天各一方'餐馆打工，老板让俺在厨房学配菜。"

会飞的小花帽

那个胖评委又问:"老板让你学配菜,你也有机会经常登台唱歌吗?"

小姑娘说:"不,俺不登台唱,俺在厨房里唱,每天一进厨房,老板就让俺一刻不停地唱,唱什么都行,就是不能让嘴闲着。"

那个胖评委不信,说:"一刻不停地唱?有这种训练方法吗?"

"哎!没办法,不唱,老板就不要俺。"

"你们老板这么喜欢音乐吗?"

"不,她才不哩,是怕俺偷吃!"

拉　锁

老板是生产拉锁的,客人来了,看看老板关键处,不买了,为什么?

早晨刚上班,凌总说,中午去天龙大酒店订桌饭。

到天龙订饭?那得要好几千的呀!准是公司的那些压仓货有主了?否则,凌总决不会用肉包子打狗。公司从去年三月以来,下属三个分厂所生产的各种规格的拉锁,都打成包压在仓库里。

其实,我们公司生产的这种"紧拉拉"牌拉锁,质量是很好的。用这种拉锁钉衣服,衣服坏了,拉锁还是好好的。别以为我们在电视台做的那条广告吹牛,确有其事,一条拉锁用了三代人,父亲用了儿子用,儿子用了孙子用,子子孙孙用下去,你说,我们的产品能不积压吗?

中午十一点,凌总和客人,一前一后来到天龙。

菜没摆好,凌总和客人先在休息厅小憩。

我们凌总有个习惯,一坐进沙发,就喜欢双腿叉开,身子那么半躺着,这样叫做充分放松。今天,他特得意,想,这笔生意做成了,就是两百多万,工人的生活费解决了,下半年生产也有了资金。凌总心里一喜欢,两腿使劲朝两边晃悠。晃悠几下,裤门上的拉锁就绷开了一道小口儿。一个男人应该很注意下边的,白天是不能开放的。

我坐他旁边,十分希望他能将两腿合在一起,不至于将那口子撕得更大。

客家是个很斯文的南方人,商人的眼光如针,他一眼就看见凌总的裤裆在开缝,却故意旁敲侧击,谈起我们的产品来:"贵公司的产品,光在电视里看到到广告,没实践过,不知质量……"

"那没说的,你放心,质量完全可以保证。"凌总说完,双腿又猛力向两边一分,裤门儿就开得更大,明显看到蓝裤衩上的白碱斑。

客人又说:"那么,凌先生你用的也是贵公司的产品了?"那个南方小赤佬目光一个劲地在凌总的禁区扫。

"那当然。"凌总很自豪。

"女士们呢?也用吗?"

"用。"

南方小赤佬一笑,说:"哎呀!我劝你太太最好不要用这种拉锁。"

"为什么?"

"第三者容易插足。"那小赤佬说完奸奸地一笑:"好了,请稍等,我到服务台去打个电话。"

我拿眼一看,那个小赤佬根本没打电话,钻进了门口的出租车。

房价一元钱

  房价一块钱，有这么便宜的房子吗？买卖双方，谁的脑子出了问题？

  今天的报纸，他看到一条拍卖广告：一套80平米的住房只卖一元钱。他怀疑自己眼睛出了毛病，肯定是报误，世界上没有这样的好事。再看看，广告下边有地址，有电话。打电话问问：

  "喂，您好！你有房子要卖吗？"

  "有。"一个女人的声音。

  "真有啊！"他有点吃惊，认真问，"你的房子多大？"

  "80平米。"

  "几楼？"

  "三楼。"

  "楼层挺好。哎，是旧房新房？"

  "新房，去年开的盘。"

  "我想问一下，多少钱卖？"他觉得80平米的新房，眼下市场价，起码40万，这拍卖广告肯定是打错了。

  那女人有点不耐烦："广告都登了，一元钱。"

  他一惊："我没有听错吧？一元钱？"

  "一元钱。"女人说完，放下电话。

  他不死心，又重新拨这个电话："不好意思，我还是刚才那个问房……"

  那女人好像很忙，说："你想买就来看看嘛，老问老问！"

第二辑 幽默讽趣类

女人不想再回答,他也不想再问,是真是假,决定去看一次。

他按图索骥,找到了长江路202号天都花园118栋2302号。一按门铃,一个四十多岁的女人开开门:

"你找谁?"

"对不起,我就是刚才在电话里……"

女人脸上皮动肉不动,眼一抬,说:"请进。"

女人看上去很富有,富有得不苟言笑。她倒来一杯开水,自己先坐下,说:"先生请坐。你想买房吗?"

他有点不好意思提一元钱房价的事,总觉得世界上绝对没这种事,肯定是哪儿出了问题。是人出了问题?还是房子出了问题?

他尴尬地抬头看看房子,房子挺好,室内完全豪华装修,不用说房价,这等装修没有十万八万下不来。

他后悔不该亲自跑上门来,一个有头有脸的男人,竟想吃这颗没核枣?自己觉得可笑。他不想再坐下去,站起来,说:"对不起,打搅您了,夫人!"

女人放下杯子,也站起来:"你不是想买房吗,先生?不想谈谈?"

他对她看了一眼,倒不像个居心叵测的女人,就违心地说:"其实,也不是真的想买房,我有房。只是对广告上的房价有点好奇。"

女人嘴角一动,笑笑说:"你还算好,光好奇,没骂人。昨天广告见了报,一个小时有十几个电话打进来,骂我是疯子。"

他连忙转脸偷看了她一眼,不像疯子。就说:"那你为什么出这个价呢?房子有什么问题吗?"

她很诚实地说:"房子一点问题也没有。"

他又想起一句话:"证件都有吗?"

"有。"她打开茶几下的抽屉,一样一样往外拿:房产证、土地证、物业管理、天燃气卡等等,拿出一大堆来。

他看到这些证件,就跟她摊牌:"太太,能告诉我,这房子为什么卖这个价?"

那女人脸马上阴下来,说:"实话告诉你吧,这套房子,是我丈夫生前给他情妇买的。前天,法院判决:两周内,我可对这套房子行使拍卖权,拍卖所得要给那个……"她没说完,又一个电话打了进来。

处方与炮弹

处方上的字难认,是医生的水平高?还是医生故意留一手?今天这处方上的几个字,可把农村小媳妇吓坏了!

二来这几天老是不舒服,手凉凉的,头热热的,看见饭不想吃,看见床就想睡。卫生所开回来的药,吃了当饱又当饥,就是吃不好病。媳妇把药往马桶里一倒,别吃这球药了!我带你到城里大医院去看!

天没放亮,二来媳妇趁早上凉爽,带二来乘头班车就到了县人民医院。挂了号,扶着二来找到内科门诊室。

过了好一会儿,一个描着黑眼眶的年轻女医生才来开门。开完门,一把钥匙"哗!"往桌上一扔,去拿起衣架上的白大褂、白口罩、白手套,白得只留一对浓眉大眼。然后开始叫号:"幺号。"

年轻女医生一声喊,门外病人一起安静了下来,侧着耳,往里听。年轻女医生等了一会儿,见没人进来,又大声喊:"幺号!死啦?"

病人们互相看看,不知年轻女医生大早起的骂哪个"姚浩"死了?

年轻女医生气得一扔手里的压舌板,接着往下叫:"2号。"

一位老大爷看看自己手里的号，连忙弓着腰，走到年轻女医生跟前。

老大爷看完了，年轻女医生又接着叫3号、4号。

二来媳妇着急了，小声嘀咕："咱挂的第1号，咋老不叫我？瞧病也欺负乡下人。"

年轻女医生听到了，就走到门外边来："你说啥？谁欺负你乡下人了？"

二来媳妇站起来，说："你们城里人就是包庇城里人。我早来了，挂的第1号，为什么不给我先看？"

"你挂的1号？单子拿来我看看。"年轻女医生要过二来媳妇手里的单子，看看，说："我一开始就叫你，你干啥去了？"

二来媳妇一听也急起来："我哪儿也没去呀？你一上来就叫姓姚的，指当我没听见哩。"

年轻女医生听了要笑："什么姓姚的？我本来叫的就是1号嘛，1就是幺，幺就是1，懂吗你？进来！"

二来媳妇把二来带到年轻女医生跟前的凳子上。年轻女医生三问两问，在处方单上三画两画，就叫出去。

二来媳妇不知出去到哪里去，看看处方单，看不懂。问人家，人家见了摇头。

二来着急，楼上楼下爬累了。瞪着眼吼媳妇："你到底往哪找？找太平间哪？我都累死了！单子给我！"二来要过单子看。不看则已，一看，脸色"唰！"就脱了血。牙齿抖得说不好话："回、回家！"说着，身子就往一边倒。

二来媳妇慌了，双手托住二来，问咋了。二来脸色由白到黑，眼泪也止不住往下滴，顿时有些泣不成声："别、别问了！拢店里给我买身西服，咱回家！"

买身西服？买身西服干什么？……天！难道二来真的要走了！？……二来媳妇又一把抢过二来手里的处方单看。处方单上，年轻女医生用黑油笔画着一个重重的"！"，一吓，也失声大哭起来："天哪！二来的病真的没救了！医生都吓坏了……"

二来媳妇一哭，走廊里来了许多人。那个年轻女医生也从内科室里走出看，这不是刚才开处方的一对农村小夫妻吗？忙问怎么回事。

二来媳妇看见年轻女医生，更是哭得沸反盈天："医生，你快救救我家二来吧！他看到处方上那个黑炮弹就不行了！"

年轻女医生一脸茫然，瞪着描得黑黑的大眼睛："怎么啦？什么处方上黑炮弹？"

二来媳妇抢过处方，说："他看到你画的这个黑炮弹，就不行了！叫我赶快给他买身西服回家。医生，你就直说了吧，他是不是得了绝症了？"

年轻女医生一听要笑："什么绝症呀？他就是有点发烧。那个符号是叫你们到治疗室打滴！我们医生之间常这样联系，写字太麻烦。"

胖　姨

女人要减肥，200多斤！减了两个月，看她减下去了没有。

胖姨年龄不大，今年才四十有五，但体重出了问题，前天往磅上一站，妈呀，103公斤，是年龄的两倍多，我吃什么了，尽长肉？这样长下去怎么得了！

于是，她决定立即减肥。

报纸上介绍的减肥药吃了，减肥茶喝了，除了把肚子喝得更大，肉，一钱也没减下来。只有上医院看医生，不看，这一堆儿肉，咋弄？

镇上医院虽小，倒还有个专门管减肥保健的周大夫。周大夫看看胖姨坐在那儿，总有些气短，胖得那样难受，就给她看，想抓过膀子号脉，咋捏，也捏不到脉，都是肉。就捧捧眼镜说："哎呀，你，恐怕要准备持久战，看样子，一月半载，是减不下来的。"

"那咋办呢大夫？"胖姨心里很着急。

"我教你个好办法，不要用药物减肥，用饮食减肥。这样，既无副作用，又能保持体重不增加。你现在的饮食习惯怎样？"

"什么饮食习惯？"

"就是你现在每天吃些什么，饮食量是多少？"

"我呀，一天三顿，一顿五个馍，两盘肉，吃完了还不见饱。"

周大夫一惊，马上说："从现在起，你一顿只吃两个馍，不用两月，体重一定会减下的。这就是我的减肥药，你回去吃吧。"

两个月过后，胖姨的体重非但没减下来，反而又上去了。她急得又来找周大夫。

周大夫问："我教你的方法，你照做了？"

"照做了。"

"照做了，怎么减不下来？"

"我也不知道，你看看胖的……"

"你是不是坚持每顿吃两个馍？"

"是呀。饭前吃，还是饭后吃？我都是在饭后吃的。"

111

第一百万个

他一进超市，就被两保安盯上，没偷没抢，到底怎么了？

二来走进天山大厦大厅，就觉得有些不对劲，后边两个大沿帽总是跟着。他想，昨天才假释回家过年，年还没过，咋就叫盯上了？这次假释，也是劳改农场一层一级的领导，根据我二来的表现决定的，也不是我自己跑回来的，还监视着我干吗？

二来进了门，就踏上大转梯上二楼。媳妇叫他给小女儿买个橡皮奶嘴。

上了二楼，二来回头对身后看看，两个大沿帽仍跟在后边。

二来心里怵怵的，拿出钱，买了个奶嘴，想马上走掉。不料，一转身，被两个大沿帽一前一后夹住："你还要买什么？"

"不买什么了，你们……"

"那好，请跟我们走吧。"

"我……可我……"

"走吧，到办公室去就知道了。"

到办公室去？我没偷没抢，凭什么把我带到那儿去？二来想申辩，可想来想去，算了，跟大沿帽们最好还是顺着点，这是多年得出的经验。

进了经理办公室。

那个胖老太经理倒也不坏，笑呵呵地指着二来问两个门警："就是他？没错吧？"

112

两个保安一齐说:"没错,就是他。"

胖老太朝二来一笑,说:"好,你请坐。又对两个门警说,你们去吧,谢谢你们。"

肯定是搞错了,凭什么把我抓来?难道劳改过的人,就这样随便让人冤枉?二来心里只觉得好不是滋味,眼睛里的泪直打转,转过脸去,从窗户看楼下的行人和汽车。

一会,胖老太又说:"请你等一等,我们具体负责这项工作的副经理马上就来,回头,她给你办,好吗?"

我怎么啦我?为啥要办我?我犯你们商场哪一条啦?二来真想跟他们争辩争辩,可看看那老太还是笑面佛似的,还给他倒了杯水,就冷气吞声地坐着。

忽然,门一吱,进来一个漂漂亮亮的小姐。

胖老太马上对二来一指,说:"周副经理,就是他,你给处理一下吧。"

叫副经理的那个小姐,走到二来跟前,把染着红指甲的小手伸过去,一笑,说:"恭喜你先生,根据我们门厅电脑的测算,你是我们天山大厦开张以来,第一百万个顾客,奖品是一台彩霸。请跟我来。"

红雨伞

下班时下雨了。讨厌!哦!好了好了!媳妇送伞来了。可是,等媳妇走到他跟前,伞下四条腿一起往前走。他一头钻进雨里……

会飞的小花帽

下班的时候，下起了雨。这雨也真是下的不是时候，早不下，晚不下，偏偏下班下，又没带雨伞，真是！朱以新一边嘀咕，一边用报纸遮着头，大步往前跨。

走到办公楼前面马路时，雨下得大起来。

"哎，朱以新，进来遮一遮嘛。"

喊着，一把红色的小雨伞，就撑住了朱以新头上那片雨天。

朱以新一看，是政工科的丁小娜。一个大男人，钻进一个女人的小红伞里，就有些不自在。红着脸问："这合适吗？"

"哟哟哟，还挺封建的呀？怎么？遮会雨，就有什么啦？亏你还是个大男人。"

"没什么。"朱以新嘴里说没什么，却总是不那么放得开，头弯进伞里，肩膀还在外边淋雨。薄薄的白衬衫，半透明地贴在宽宽的胸脯上，雄浑的体魄，看得清清楚楚。

"靠紧一点嘛，这么一点点小伞要遮两人哎。怎么？你怕你老婆看见？"

"不，不是。"

"装得倒挺像。"丁小娜看了一眼朱以新，要笑。"那为什么？你是怕我老公看到？"

"不，也不是。"

"我老公要真是这么一个没出息的小心眼，我早跟他拜拜了。"

朱以新不吱声。

丁小娜又问："哎朱以新，要是我现在是你的老婆，你是我家老公，你会怎么想？"

"不知道。我想根本不会有这种情况发生，我媳妇和你老公也不在一个单位。她……"

朱以新忽然不说了，他看见他妻子远远地从二路车上下来，

第二辑　幽默讽趣类

手里拿着一把绿雨伞，肯定是来给他送伞的。朱以新一见，连忙把身子往下低，低到完全躲到丁小娜的伞里。

妻子什么也没看见，下了车，就往朱以新的办公楼跑去。

妻子到办公室找不着人，肯定会生气的。朱以新连忙说："小丁，你先走吧，我到商店买个电池。"

丁小娜一个人走了。

朱以新没买电池，他在路边店里躲了一会儿雨，想等妻子一起往回走。

没一会儿，那把翠绿色的小雨伞，出现在人行道的那头。

朱以新想等妻子到了跟前，上去"哇！"吓她一跳。

可是，等妻子走到跟前，朱以新的那股高兴劲没了——他发现，那把绿色的小雨伞下，往前走着的，并不是两条腿，而是四条腿。多出的那两条腿，脚上穿着黑色的男皮鞋。

朱以新一看，忿然走进雨中，迈开大步，一步一步往家走。娘们！原来她不是去接我的？接别人的？狗日的，我倒看看，那两条腿的驴是谁？

朱以新浑身往下淋水，进了门，就重重地把身体往沙发里一扔。

妻子立即上来嗔怪道："哎呀，你到哪去了？淋成这样！快换换快换换。"

"换什么换？不换，凉快！"说着，"啊欠！"直揉鼻子。

"哎呀！这是咋啦你？人都淋傻了似的。我跑到你们公司，到处找，找不着你。在路上，碰到我弟弟，他说你早走了，你去哪了？"

"你弟弟？啊欠！"

第三辑　家庭生活类

　　一个家庭，天天总离不开锅碗瓢盆，油盐酱醋。俗话说"家长里短，特别难管。"家庭是社会的细胞，家庭过日子过不好，整个社会就不得安宁。如果这个类型里所选的作品能给你带来一点家的温馨，就够足了。

春天里，生命的色彩

　　一个重新组合的家庭，大人还好说，特别是拖儿带女，两家凑合在一起的孩子，她们的伤痕更难以愈合。

　　今天下午，接到内地援疆高级中学春季入学通知书，明天就得启程西安。我要一个人走，妈非得叫他送我。

　　自从我爸去世后，他爷儿俩，每年秋天，都从甘肃老家到我们家来帮助拾棉花。那一年，棉花拾完了，他们就不走了。

　　我懂我妈的意思。但是，我没有办法。

　　他们一住下来，我简直成了多余的人，就像小数点后边数不尽的数字。家里处处不自然，眼睛鼻子都碍事。我特别不想看到他们，每天天不亮，我就去上学。天黑透了，才回家。一天三顿，我一个人端到自己房间里去吃，不跟他们在一起吃。我讨厌看到那两双可怜巴巴的眼睛。尤其讨厌他爹动不动就往我碗里夹菜。每次夹给我的菜，我偷偷丢到桌下边，喂猫。

我知道，我这样做，妈心里很难过，她希望我跟他们好，叫声爸，叫声哥。

可是，我做不到。我只有一个决心，坚决不考本省的高级中学，一定要考内地援疆高中班，离开这个家，永远不跟他们在一起。

今天，这个愿望终于实现了！

全家人连夜给我做准备。忙完了，妈睡到我床上，说："秀，妈对不起你！你爸死后，妈也是实在是没法，才走这一步。妈又有病，这么多的地，家里没个男劳力，多困难哪！你三年高中，少说，还要四五万，高中毕业上大学，那得要多少钱哪！这得靠他们爷俩包地。哎！妈也知道，女儿家，人大心大，妈也不怪你。秀，天亮，你就要走了！他送你走，你叫他一声哥，好吗？他今年十五了，大你一岁。大一天也是哥哩。哎！其实，这孩子也怪可怜的，从小没个妈！才十几岁，他爹就让他干大人的活。哎！没爹没妈的孩子都叫苦啊！"

我不吭声。我知道妈这一辈子不容易。爸死了，她那样困难，也没让我辍学。但要我叫他爸，叫他哥，实在是难办到。为了临行前能安慰妈一次，我把手放到妈的手上，表示愿意听妈的话。

可第二天，要说的话都想好了，还是没有勇气叫他们。

说实在的，他爷儿俩，人并不坏，一老一小，两个老实疙瘩，天不亮下地，黑透了，也不见回家。不管地里的活多么紧，他们都不让我缺一天课。每到下雨下雪，妈还叫他给我送雨伞，送雨鞋。

其实，我宁可淋着冻着，也不愿让他到我们学校里去，生怕班

会飞的小花帽

里的同学问我他是谁。如果不带偏见的话，其实，他长得并不难看，高高的个子，长长的脸，眉宇间还带有几分帅气。要是命运对他公平些，他完全有资格成为一名优秀的高中生。

轧嘎轧嘎！轧嘎轧嘎！……

45次特快豪华列车，就像一条巨大的彩鳗，穿行在西部大戈壁的原野上，将我与家的距离越拉越长！坐累了，我就把头放在小茶桌上，假睡。反正不想朝对面看。我知道，他，正端坐在那儿，双手夹在两腿中间，木头一样，不说，也不动，永远那样老老实实地看着窗外。我看书，他不看书。我不吃车上的饭，吃干粮。他饿了，就自己买一点饭吃。

火车缓缓地游进兰州站。

火车一停，那些卖东西的人，一个个拍着车窗叫卖。

我看见一个卖五香花生的妇女，问："花生多少钱一包？"

"一块。要不要？"那个妇女拿起一包花生，问。

我拿出一张五块钱。说："买两包。"

那妇女收了钱，先给了我两包花生。旋即，手在袋子里抓了抓，不找钱，掉头想走。

我正急得要喊，只见他眼疾手快，立即从车窗中探出大半个身子，一把抓住那个妇女头发，命令似地："找钱！"

天！我第一次看到他那样怒不可遏！假如那个妇女再不找三块钱，他会把她从车窗里提进来的。

我接过那妇女找来的三块钱，刚要坐下，一个刚在兰州上车的中年男子，手里拽着两个大包，要把行李往我旁边放。

他马上站起来，说："对不起！那个座位有人。"

那个中年男子马上又抓起包："有人？人在哪？"

"下车买东西去了。"他虎着脸，一字一顿地告诉那人。

第三辑　家庭生活类

天晓得，关键时候，他竟能使出点小阴谋。

车又开动了。

我对他看了一眼，心里好一阵感激。很想趁此机会跟他说话，但嘴张了几张，终究没说出来，就将手里的两包花生，分给他一包。

他说不饿，要我留着慢慢吃。说天黑了，再没有卖东西的了。

夜里 11 点，火车才到达西安。

西安火车站好大呀！

大概是因为自己胆小的缘故，提着包，一步不离地跟着他往前挤。原先那么傲慢、那么不可一世的我，不知哪去了，竟可怜得像只小羊羔，小心翼翼地绕着放羊人的腿。就跟我的亲哥一样，那么卖力，一边肩上背着个两个大包，一边肩上扛着大被褥，膀弯里还套着两只小包，走得那么艰难，还不时地回过头来看我，生怕我被挤丢了。

我从来没钻过地道，心里害怕极了！嘴也不那么硬了，没头没脑地问："哎！这钻到哪了？哎！走得对不对？"

他很坚决："对着呢，就打这儿出口。"

"你走过吗？"我第一次喊他"你"。

"走过，那年，跟大（爹）来新疆，也是这样钻的。没错，跟着我！"他命令似地不容我多话。

我心里暗自庆幸，好在听妈的话，让他来送我。否则，这会儿准该哭鼻子了。

我跟着他在地道里几个弯儿一拐，忽见前方一片灯火辉煌！车站出口处好不热闹！

我抬眼一看，看到人头上举起一溜的牌子，都是各个学校来车站接新生的。

会飞的小花帽

大老远地，我看见一块牌上写着"陕西师大附中新疆班"几个字，就高兴得大叫："哎！师大附中！哎！那儿！"我连忙从人群中挤过去，拿出我的入学通知书。

那些男生们便热情地接待了我。

一个戴眼镜的高个儿男生，从我手里接下包，叫我们动作快些，说他们还要接西藏班新生。

另一个男生走过去，从他肩上往下拿包。问我："哎王金秀，他是你什么人？你哥吗？"

我慌乱地点点头。

那男生又说："那好，一起上车吧。师大附中招待所，家属全部免费。"

他放下包。说："不了，秀交给你们，我就放心了。我在车站上坐会儿，夜里一点，搭上海45次特快回新疆。"

那男生说："哇！忙啥？到了西安，还不好好玩玩？去看看半坡呀、兵马俑呀、去华清池洗个澡呀……来来来，上车上车！"

"不了，俺家里地里棉花要开始种了，俺爹俺娘忙不过来。"他说着，硬从车上往下跨。

车开动了。

那个男生赶快捅我，说："咦！王金秀，跟你哥说再见呀？"

"哥！……"我从车窗伸出手，一下子觉得心里泪汪汪的，好想哭！

他一听，连忙转过身，笑着对我挥手。

我第一次看到他笑。

第三辑　家庭生活类

不要忽略与儿子相处

提醒你一下：不管多忙，常回家看看，否则，孩子长大对你不亲。

那一天，我儿子出生了。

出生的那一天，我不在家，在泰国谈生意。我决心挣钱养活儿子，我要让儿子长大出人头地。

等我回家的时候，儿子会叫爸爸了。我兴奋不已，抱一抱！亲一亲！

我又一次出差。

回来的那天，妻子说：你去幼儿园接孩子。

孩子不要我接，说不认识我。幼儿园老师也叫我拿出证件来。

我心里很难受，自己的亲儿子说不认识我，幼儿园也把我当恐怖分子。哎！说什么也要在家多呆几天，与儿子好好相处一段时间，磨合磨合感情。

几趟差一出，儿子十岁了。

儿子十岁那天，我送他一只篮球。

儿子很高兴："爸爸，你教我打篮球好吗？"

"呵，今天恐怕不行儿子，我得去公司处理一些紧急事务。"

"那好吧。"儿子抱着篮球转身跑出去。走得很毅然，对我似乎不存多少期待。

我看着儿子的背影，儿子已经长成大人了，想抱着亲一亲，已经不是时候了。哎！我一共才亲过他几次？

会飞的小花帽

在俄罗斯远东经贸交易会上,我突然接到儿子的电话。问:"爸,志愿填什么?"

我感到很突然,问:"什么志愿?全市就那么几所中学,有什么可选择的?"

儿子说:"不是,高校志愿。"

我一惊,马上感到内疚和失职。说:"对不起儿子!爸爸对高校志愿完全外行,听你妈和班主任老师的。"

生意做定,回家的时候,儿子也正好放暑假回来。这是我儿子吗?再长一两年都赶上姚明了!我问:"你在学校篮球队吗?"

儿子说:"不,在省队集训。"

我不知道说什么,十分满足地说了一句:"儿子,你让我感到十分自豪!你能坐下来和我说一会儿话吗?"

儿子已经学会了腼腆,有点不好意思正面看我。红着脸说:"哎呀!今天恐怕不行爸,几个高中老同学约我一起去打球。哎对了爸,你把车子借我用一用吧。"

我望着比我高出一头的儿子,把车钥匙拿给他。

"谢谢爸!"

我跟出去,问:"儿子,你什么时候回来?"

"呵,那可说不准,那些哥们特皮筋!不玩透了,肯定不让我走的。拜拜!"

儿子已经是国家的人了!一年两个假期,别的大学生都能回家,而他们却要东跑西颠地集训和比赛。很像当年的我,有了他要做的事,有了他要相处的集体、同事和领导。很想他的时候,只有打电话:"儿子,什么时候回家一趟?"

"呵……爸没空!这次比赛,省里给我们的任务,保二争一。如果不进前三名,球队大换血!累!"

122

给你两巴掌

怀儿子，媳妇被折腾得不行，发誓，等儿子出来了，给他两巴掌。儿子出来了，没舍得打；儿子会走路了，没舍得打；儿子结婚了，更没舍得打。哦！这爱的两巴掌。

结婚不到两个月，媳妇怀孕了。

"哇！我要当爸爸了！"他高兴得要对全世界宣布。

当爸爸不一定都是乐，开始两个月，媳妇吃了就吐，吐破了胆还吐，原来粉嘟嘟的脸蛋，跟上了蜡似的。怪谁？媳妇知道，上床就狠掐他！不再让他靠，一靠就死喊："滚远一点——"

他不敢再靠她，知道自己犯下的错。乖乖地把枕头扔到另一头睡。

害娃娃的女人气多："你是猪吗？死哪去了？给我倒点水！"

水倒来了。媳妇一喝又吐，吐得他全身都是。

后来，媳妇不吐了，肚子却一天天增大，脚也肿，结婚做的裤子、鞋子都不能穿。上了床，就叫他给她揉脚，一瞌睡了，媳妇就蹬他。

等媳妇情绪好的时候，他悄悄说："我听听儿子好吗？"

媳妇艰难地笑笑，撕撕他的耳朵。

他就听。听到儿子在里边撅撅的，他全身激动，快活地骂："狗日的！等你出来，老子先给你两巴掌！"

再后来，媳妇的肚子鼓得就跟小山峰似的，他那一小半的床也没他份了。媳妇一个人四肢八岔，一米八的席梦思只留给他床边边。

临产期要到了，肚子里的娃娃压迫厉害，媳妇尿频，一闭眼，

会飞的小花帽

就喊他扶她上厕所。他数过,最多的一天夜里,尿了25次。他不敢埋怨媳妇,又对儿子挥着拳头:"狗日的!等你出来,老子先给你两巴掌!"

小东西真的要出来了,赶快去医院!

到了医院,媳妇就阵痛。

医生说,婴儿身量大,叫他贴到媳妇后身去助产。

他乖乖地爬上产床,坐到媳妇身后,伸出两条腿,让媳妇抓着。媳妇就使着劲喊,使着劲抓,十个指头深深地掐进他的肉里。

一阵疼过去,媳妇叫他把头伸到前边让她打。媳妇打他,他心里骂儿子:"狗日的!等你出来,老子先给你两巴掌!"

一声啼哭,医生将一个血红血红的小脸裹在襁褓里,递给他:"儿子!"

他顾不上疼得半死的媳妇,抱着血红血红的儿子,高兴得满产房跑。

吓得医生追着后边骂:"疯了这人?送婴儿室去!"

血红血红的儿子送进了婴儿室,他忘了给儿子两巴掌。

出院了。

儿子慢慢上了奶花,脱了胎气。媳妇撸起小儿子屁股蛋上尿不湿,笑笑,对他说:"你不是说给儿子两巴掌吗?打呀?"

他瞅瞅儿子粉嘟嘟的小屁股蛋,没打,去亲了一嘴。

儿子一天天长大。

每天,幼儿园没开门,他就去等儿子出来,出来就抱着亲,每次都忘了打。

上学了,儿子一回家就忙着做功课,他只有心疼,每次都舍不得打。

后来,儿子长成大小伙了,离家去省城上大学,想打也够不着了。

再后来，儿子工作了，成家了。举手不打过头儿，心里记着那两巴掌，却打不成了。

一天，儿媳妇突然感到恶心，说想吃酸。接着就一口一口地吐，吐得只剩下人灯儿。

儿子窃喜："小东西！等你出来，老子先给你两巴掌！"

他不乐意："你要是敢给他两巴掌，我先给你两巴掌！"

墓碑取款机

科学家教授老了，没人看望他。儿女们一句话，忙！科学家教授自己研制了一台取款机，拜托同事，最后将这台取款机安装在他的墓碑上，自己的一点积蓄，让三个儿女到墓上来取。

崔老教授要不行了。

老头瘦得如同干尸，一个人躺在病房里，很可怜。人到这个时候，显得特别孤独，特别需要儿女们。

崔老教授倒是有两男一女三个孩子的，可读书都出去了，一个也不在跟前，每个人都有了家，有了工作。一句话，忙！实在想起老父亲的时候，只能用手机跟老爷子说几句话。这会儿，老爷子不能说话了，也就没法联系。老大叫老二抽空回家看看，老二叫老三抽空回家看看，老三叫老爸自己多保重，说一有空肯定回家。

他们不回来，崔老教授也能理解，现在的社会竞争厉害，年轻人要立足，忙，也是对的。可老爷子心里总想最后再看他们一眼，有话也好交待交待。

看来，有话也交待不成了，就写下来吧。写下来，交给组织，

会飞的小花帽

由组织办，崔老教授一生就相信组织。

崔老教授走后，组织上打开他的遗嘱，看了半天，也看不明白。组织上又把学院里几个专家找来，专门研究崔老教授的遗嘱。

崔老教授的这份遗嘱也确实特别，他没有说明三个孩子，哪个该得到多少遗产，而是亲自设计的一份机器草图。专家研究了好半天，才弄清楚，是一台"MB"取款机。全中文就是"墓碑取款机"。崔教授是搞计算机研制的专家，草图设计得十分精巧。如果按崔老教授的草图制作出来，就是一台十分漂亮的智能计算机，不但能识别取款人的身份证，还能识别取款人的血型，以及DNA等一系列的数据。也就是说，除了崔老教授的三个亲生子女，别人是无法从这台取款机里取走钱的。

组织上按照崔老教授的遗愿，按图索骥，很快制作出一台"MB取款机"，镶嵌在黑色的花岗岩墓碑里。在公墓里选了一块合适、安全的地方，安葬了崔老教授。

并遵照崔老教授的遗嘱，组织上将他一生的积蓄和各项奖金，都取出来，连本带利，统统放到取款机里。再由组织通知崔老教授的三个子女，规定他们每年清明节，到崔老教授的"墓碑取款机"里取一次钱。而每次只能取指定的数量。三个子女，老大老二老三，依次取。如若老大在规定的时间里不到，老二可以将老大的那份钱取走。老二在规定的时间里不到，老三就可以将老二的那份钱取走。老三在规定的时间里不到，老大可以将老三的那份钱取走。

组织上很负责，将崔老教授的遗嘱一一照办了。

清明节那天，三个子女，在规定取钱的时间里，老大老二老三，一个挨一个，依次把钱取走了。

生命风景

生命是一道自己看不到的风景线，这道风景没了，会给许多人带来悲伤。

她落榜了！这对她太不公平！今年，连班上"后25"的刘小嫡都录取了，她这个"前老九"却不能？

她无精打采地往前走。我这不是朝家走吗？我还回家干什么？复习明年再考？明年的今天，刘小嫡她们已经是大二了，让"后25"的她做我的师姐？那往回走做什么？回家看看妈妈？是的，妈妈是应该好好看看的，这些年，妈妈为我付出的太多了！早早晚晚陪着我，就像过去的陪刑者一样，每天凌晨，我在小房间里睡着了，妈妈在大房间里睡不着。事实上，不考大学的比考大学的还要累！七八九号那三个黑色的日子，我进去了，她在烈日下，我在里面考，她在外面烤！妈妈若得知自己不争气的女儿落榜了，一定比女儿更揪心！

她掉转头，茫然信步。

其实，在这个世界上，生与死只是相对某一种存在而言。对她来说，存在又咋样？不存在又咋样？在迎考100天的倒计时战斗中，根本就没有心思吃东西。人不吃东西，眼神也差了，平时，上学走在大街上，总要躲着汽车。现在，汽车都躲着她似的。

大约从早上走到下午，繁华街道慢慢走没了，迎面吹来凉爽的风！

再走不远，她觉得脚下越走越高。难道地壳的板块运动，就在这座城市下边拱起么？好吧！来一次比圭亚那火山更巨大的喷发！她抬起朦胧的眼，向下一看，天！前面的陡壁下，竟是曾经无限向往过的母亲湖！记得上初二的时候，班上几次要组织去母亲湖春游，老师都没有批。咋会走到这儿来了呢？难道上帝要将我这个落榜者留在湖里吗？海明威在小说里写过，葬身湖海的人，才是最高尚最纯洁的。好了，那就听老海的吧！

她向前没走几步，忽听山腰间传来一阵喊声："哎！小姑娘，不要往前走，危险！"

一个多么苍老的声音！她掉头向山下看去，看见山腰中有个老人，好像在作画。

起风了。湖上的风，比城里的风大多了！湖风刮起她的红裙子，一个劲地往后婆娑地裹挟。

"哎！小姑娘，你稍站一会儿好吗？就一会儿。"老画家一边忙着画画，一边大声向山上呼喊。

站一会儿？我为什么要听你的？

"哎！小姑娘，等一等，别动，就一会儿好吗？谢谢你，请你配合一下。"

这老头，嚷啥嚷？我往前走与你什么相干？你画好与画不好，对我有什么意义？

"哎！小姑娘，再站一会儿，马上就好。谢谢您！"老画家竭力要留住她，叫她不要往前走。

老画家七描八画，一幅画画好了。老画家拿着自己的杰作，高兴地往山上爬来："小姑娘，谢谢你！"

她看到老画家画板上的画：在深蓝色的湖面上，几只白色的海鸥在飞翔。湖边，重叠陡峭的山峦。岩石上站立着一个穿红裙的少女，面向湖面……她忽然眼一亮："你画的我吗！"

"怎么？画得不像？"老画家用满是颜料的手擦擦胡须。

"我？……"

"是的，小姑娘。因为有了你的生命之火，这湖光山色才有了生命的美感！谢谢你小姑娘。"老画家拭拭汗，自言自语又说："世界上的一切，生命才是最宝贵最美的呀！"

她看看老画家那古枝般的的手，问："要是没有价值的生命呢？"

老画家有些茫然："是生命怎么会有没有价值的呢？"

她不想听，转过脸去看湖水："我没发现。"

"你说你没发现什么？"老画家对小姑娘看看，"唉！小姑娘，你的眼睛告诉我，你内心像有什么事疙瘩着对吧？哎呀！看见你，就想起我的小外孙女，她跟你一般大，今年高考没考上，就跟天蹋下来似的，班上同学们大半都考走了，自己还在家里窝着，怎么也想不开呀！不瞒你说，我今天特地为她来画这张画，让她看看，生命是多么美丽！不爱惜生命的人多么傻！哎我说，今年没考上，明年再考嘛，对不对？现在考大学的机会多的是嘛，每年都能考，过去哪有？最多再奋斗一年嘛，有啥了不起的？现在的娃娃咋这样狭隘呢？知道吗？她要真的想不开，那要给我们带来多大痛苦呀！一个人的生命之灯一灭，给多少人带来黑暗，想过没有？你说她傻不傻？"

她听了这番话，转过身对老画家看看，不吭声。老画家已经很老了，还爬上这么高的山头为他外孙女画画，用自己的生命之灯去照亮别人……她认真地看看老画家那爬满皱纹的脸，望望老画家那干枯的手，说："爷爷，这幅画送我好吗？"

老画家点点头。又开始画第二幅。

129

摄影大师王有泉

什么事得自己留着点，全给了别人，有一天会后悔的。看看这位摄影师。

王有泉自幼喜欢摆弄相机，无师自通，摄人摄景，真像那么回事。马勺子镇上没有第二个会玩相机的，王有泉在镇上简直成了一代摄影大师。粮食市场开放，王有泉工作的国有粮店关门。王有泉下岗没事干，找亲友们凑凑钱，在镇上开了家小小的影楼，他当老板，老婆管账。马勺子镇离县城不远，摄影生意不错，拍生活照、拍全家福，又拍婚纱照，小影楼成天门庭若市。

二福在镇上属小混混，经常来王有泉影楼玩。看王有泉生意挺忙，就说：叔，我来当个帮手吧？有没有工钱都行，我就想跟叔学个摄影艺术。

二福也不是别人，叙起来，还是没出五服的本家侄子，要来就让他来吧，反正店里人手不够。

二福生来嘴乖，进了影楼更是一口一个叔，一口一个婶。叔，婶，你们就把我当你们的亲儿子，不对的，你们就骂，打也行，只要叔你肯教我摄影艺术。父亲母亲怎样？叔和婶又怎样？进了叔婶的门，就跟你们的亲儿子一样的。

二福嘴不但乖，手也勤快，到了店里见啥干啥，迎送顾客也很有礼貌，王有泉心里喜欢。心里一喜欢，也就张嘴见到肠子，啥事也不保守，啥话也不留根，全教给二福。教他如何如何抓机，如何如何对焦距，如何如何选光，如何如何将很一般很一般的人像，拍出艺术性来，等等。

　　王有泉这样悉心教二福，老婆有看法，二福不在的时候，不免提一提：当家的，留一手吧，古人说，出了门的徒弟打师傅哪。

　　王有泉不以为然：没事，谁打我？二福也不会打我，你看这孩子多好，嘴乖的！现在自己养的都没这么乖。

　　一年不到，王有泉那点摄影艺术被二福掏得差不多了。一天，二福说：叔，婶，俗话说，儿子不吃过头饭。我今年都二十八了，还要叔婶这么为我操心，我也实在是过意不去。叔，我想自己去找口饭吃。

　　二福找人贷款，很快在镇东边开了家好莱坞影城。"好莱坞"几个字放得大大的，用霓虹灯管儿一绕，天一黑，红了半个马勺子镇。

　　小镇上摄影生意一好，想学摄影的人就多。年三十儿，王有泉外甥提了包点心上门，说：舅，我也想学摄影。

　　自己的嫡外甥想学摄影，能不收？外甥是个高中生，水平比二福高，学起来比二福强。又喜欢上网，网上那些不穿衣服的美人照，一看在眼里就出不来。外甥偷偷背着王有泉把网上裸体女人反拍下来，去黑市卖。一张裸体照，在黑市里能卖几十甚至上百块。王有泉知道了，狠骂外甥不学好的东西。

　　不学好就不学好，而今有多少赚钱的人是学好的？我还不愿意跟你土老鳖学哩。外甥屁股一拍，扔下舅舅，一个人在镇西开了家"现代人"摄影社。一幅巨型电脑彩绘上，一个光着身子的美女，白天能看到五公里之外。天一黑，聚光灯一照，几乎将全镇所有年轻人的眼光，都吸引过去。

　　镇东一家"好莱坞"，镇西一家"现代人"，两面夹攻，王有泉小店的生意每况愈下。老婆不免抱怨：当家的，我劝你留一手嘛。

一个人的车站

大漠里的小站，只有一个人，那种寂寞、孤独、无奈，实在令人心酸！没办法，小站必须有人。

七三年那个时候，国家政策上允许顶替。那年，他就从河南老家来到小站顶替他爹，来的时候，刚刚二十岁，现在都五十多了，都顶老了，仍顶在小站上。

几十年来，他心里总惦记着爹把小站交给他的那天对他说的话：娃啊，爹老了，你在这儿好好顶着爹，你别看咱这站小，责任可不小哇！你看这说长不长的铁轨，从戈壁里一直接到北京。就是接到外国都是一根一根用铆钉铆着的哩，少一根铆钉就不中，整个铁路就联接不起来了，火车就不能开。咱小站呢，就好比铁轨上的一个铆钉，知道啵？该铆哪铆哪，这都是有规定的。铆那，就不能松劲。

打那，他就成了整个铁路上一个有规定的铆钉，小站外边的世界什么样，他无法看到。一天24小时，都得定时定刻，拿着红绿黄三色小旗，不停地迎送开过来开过去的一列列火车。这是他每天规定的工作。

每次，前方站的信号打过来，还不等火车到站，老远地，他就预先在规定的线路上，亮起红色、黄色或绿色信号灯，提前做好该他小站做的一切准备。然后，举起小旗，毕恭毕敬地站到小站水泥站台上，庄严而专注地行着注目礼，让火车从跟前轰隆隆地开过去。

火车开过去了，他仍庄严地站着不动，总要等到火车开远了，远得像一条小蚯蚓在戈壁滩上爬动,最后连一点儿影子也看不见了,他才收起那三面发黑的三色小旗,走下站台来。

每次送走火车以后,他都觉得有一段很难受的空寂感,就是一阵惊天动地的热烈和轰动过后,给小站留下的那段短暂的寂静。在这段空寂里,他坐不住,也躺不下,习惯地走到小木屋的后边,望着无边的大戈壁;望着一道道起伏的沙丘;望着一束束被漠风吹裹在碱蒿根上沙沙作响的各色塑料兜;望着天山顶上的飞云与雄鹰;望着电线杆上一溜的白瓷瓶。把头靠在电线杆上,静听那呜呜的细说,静听大漠外边人的声息。

刚来小站的时候,他不曾想就这样一直顶到老,也不曾想把整个人都铆死在小站上。那时,他曾梦想过当一位火车司机,当一位列车长或当一名列车乘务员,在全国大城市之间来回跑。可是,现在他感到这种希望,似乎越来越遥远。再比比他爹,他知足了。爹那时候,咱中国穷,饭也吃不饱,根本没有电视机,就连一只小收音机,也要二十几张票,局里根本没法给爹配发这些。可爹一没电视,二没手机,不同样在无声无息的小站上铆了四十多年么?爹那时就不寂寞么?不过,他跟他爹不同的是,他没有结过婚,一生没碰过女人,渴望跟女人说说话。

去年秋末的一个下午,他按时送走 4 点 30 分由乌鲁木齐开往上海的 45 次特快。这趟特快车,是咱中国自行设计制造的双层全封闭的新型高级豪华旅游列车,子弹型车头,红车身,白流线。开起来,就像条彩鳗在无际的戈壁滩上游动,看起来特漂亮!特自豪!每次,这趟车从小站开过去,他都要追着看,看着它由近至远,由大变小,小得看不见了才回去。

这次火车看不见了,却看见那远远的地方有一个人。他连忙跑到跟前一看,是一个女人!一个包着红头巾的女人!女人身边放着

会飞的小花帽

一个黑黑的破被褥，在使劲地挖着一个沙洞。

眼前突然出现这么一个活生生的女人，他第一个愿望，就是想跟她说话，想说很多的话，但又不知如何说。

他看得出，这女人显然是饿极了，她在沿着铁路线找东西吃。她似乎很有经验，知道铁路两边的那些沙洞洞是老鼠窝。老鼠窝里，会藏着残败的食物。

那挖沙洞的女人，看到有人走到她跟前，心里害怕极了，眼不敢抬，手哆嗦地用树枝专注地挖着老鼠洞。

他站着看了一会，就蹲了下去，结结巴巴地说："你，你饿了？"

那女人抬起无神的眼，惊恐地看了他一下，手抖抖地，又挖。

他又问："到我屋里，我做饭给你吃，中不？我那儿有水有米。"

那女人又抬起无神的眼，惊恐地看了他一下，摇摇头。裹了裹衣服，又挖。

她能听懂他的话，他很高兴，这么久不跟人说话了，居然还能说出别人能听懂的话，他也感到很高兴。马上继续说："真的，我是好人，你别怕。我是国家铁路工人。"说着，手里的小旗，对小木屋一指，"你看那，就是我，我工作的地方。"

那女人又抬起无神的眼，对他指的小屋看了一眼，又看看他身上厚厚的青蓝色制服上那个红色的"工"字徽章，点点头。

他又说："你，你饿了，到我那儿，我做饭给你吃，中不？我那儿有水有米。吃饱饭，就不冷的。"他重复着说。

那女人摇摇头。拉拉头上的红方巾，又挖。

他一看表，马上惊叫起来："哎呀！快，快走吧！我要工作了！"

那女人一吓，就停了挖。但，她不想跟他走。

他又一看表，着急地说："哎呀！快走吧！北京'拐洞'就要到站了！"

那女人不懂他说什么。也不知拐洞是什么东西。吓得站起身，惊恐地往四处看，抓起地上的破被褥，想逃。

他不由分说，上前一把拉起那女人的手，往小屋飞奔。

送走了"拐洞"，他就高高兴兴地开火给那女人取暖、做饭。把局里发的羊肉、牛肉、香肠，都拿出来，给她做饭。

已经几天没吃饭了，那女人就吃，狠吃！她知道，不吃是走不出戈壁滩的。

吃饱了，那女人才开口说话。她说她是河南新乡的。今年九月，第一次跟人家到新疆团场来拾棉花，拾了两个多月，应该得一千多块工钱。结果，领头人的那个湖北人，把工钱都拐跑了，她没钱回家。说身上的钱，不够买一张乌鲁木齐到郑州的火车票。听人家说，到哈密买就够了。她说她下雪前，一定要赶回家，家里有孩子和残疾的丈夫。

他听懂了，不说话。去打开脚旁边的小木箱，拿出五百块钱给那女人。叫她顺着铁路一直往前走。前面十来公里的地方，有个叫三棵树的小车站。火车在那儿要停车三分钟加水，可以上人。到那儿买一张去郑州的火车票，不要到哈密买。到哈密的路，还有很远很远，把人走死也走不到的！

那女人看着五张大钱，瞪着惊恐的眼，不说话，也不敢接。

他说："拿，拿上，全拿上。这都是局里给我发的，我一个人在这里，也没处买东西。用的东西，都是局里给我的。钱对我也没啥用，拿上吧，局里每月还给咱发哩。"

那女人对他望了好久，没去接钱，就跪了下来，给他磕头。哭着说："大哥，你是好人！我是遇上好人了！可，可我怎么能白要你的钱呢？我用了你的钱，日后也没法还你呀！不中！"说完，那女人把头偏到一边。手拭了一下泪，就慢慢地去解衣扣。

会飞的小花帽

他根本不懂女人。他根本不知道她要干什么，不知道她在开始为他揭开序幕，只是一个劲地把钱往她手里送。

那女人还是不接，慢慢解开上衣，撸下头上那脏脏的红头巾，蒙着脸。自个儿不声不响地躺到他的小木床上。

一下，他就慌了，他从来也没见过女人的身子，不知静静地躺在小木床上的那是什么，像是起伏不定的白白的一岭沙丘，又像是延绵不断的天山山脉。在这个光凌凌的女人面前，他显得那样无措和惶恐，那样胆怯和不安。就那样原地站着，眼也不敢对床上看。

那女人的脸蒙在红头巾里，小声地说："大哥，来吧，这儿没人知道的。是我自己给你的，不是强迫。我也看出来了，你是好人！我不后悔。"

过了好一会儿，他走过去，把钱放到那女人身边，转身要走。

那女人没抓钱，倒是先一把抓住他，说："来吧，大哥。在这儿，没人知道的，我自己愿意给你的，你是好人！"说着，手就滑到他的下边，主动去解开他的裤扣，握着他那瘦小的男根。

他从来也没体验过女人的感觉，这才知道，为什么管女人叫女人。瞬间，他紧张起来，心跳加快！他想逃。然而，没有成功，他那根叫那女人抓着，就等于整个人被她抓着。一阵紧张之后，他周身慢慢有了感觉，有了血的涌动，有了那种女人的感觉。男人的本能，在努力唤醒他，时间也在等待他功成名就。

可是，长久的小站，长久的漠风，已经完全沙化了一个男人的热血与刚阳！他感到难堪和羞涩。慢慢地替她拉好衣服，轻轻地说："不，不中！你，你走吧大姐……天黑前，你还能赶到三棵树车站的。"

那女人慢慢穿上衣服，对他磕了两个头，拿起钱，抓起包，转身走了，一步一回首地走了。

那女人越走越远，越走越远……

他望着消失在铁路尽头的那个红头巾，愤然拽着自己那瘦小的男根，发疯似地对着天山大吼："啊——！啊——！"

然而——

天山无言。

大漠无言。

小站无言。

人生无言。

母 亲

儿子经常生病，母亲将熬药的药渣倒在路上让人踩，祈求把儿子的病踩走。儿子不让，自己病了，不能让别人再病。后来，母亲将药渣倒到后山上，那条路只有母亲一人经过。

跟班上同龄男生比起来，他个子很小，排队做操，每次他都排在最尾，哎！已经上高二了，同学说他刚从幼儿园大班来的！母亲告诉他，怀他七个月，一次拉车去卖菜，闪了腰，就把他"闪"出来了。

开学不到一个月，他又得了一场病，请假在家。母亲天天背着他去诊所看医生，打了许多针，吃了许多药，也不见效，本来身体就不好，生了病就一天天瘦弱下去，到后来，觉得腿根本无力站起来。

母亲急得什么似的，整天四处求医问药。一天，她听说村里人说，到很远的地方有个老郎中，说他的药可以治好儿子的病。母亲就连夜去买了一剂回来熬给他喝，喝了几次，还真有点效果。于是，母亲又去买。

会飞的小花帽

老郎中的药很贵，一剂药要花好多的钱，为他治病已经花光了家里所有的积蓄，母亲只能每天到后山砍柴，卖点钱，为他抓药。

一般人熬中药，都是熬三遍就倒了药渣。可是，母亲往往熬七八遍，淡到实在没有一点味道了，才舍得倒掉。

他发现，母亲每次都把药渣倒在门前不远的马路上，而且每次都倒在路中央，使走路的人有些不方便，跨不过去，只好从药渣上踩。

他就对母亲说："妈，你把药渣倒在路上，人家不好走路，还是倒到别的地方去吧。"

母亲说："不，药渣倒在路上让人家踩了吉利，踩了药渣的人，等于把你的病带走了，这样你就能好得快一些。"

"原来是这样！这怎么可以呢？生病是很痛苦的，为什么把痛苦再传给别人呢？"他说。

母亲听了他的话，就再也不把药渣倒在马路上了。已经被药渣弄脏了的马路，也已经扫得干干净净。

日子在母亲辛苦的砍柴和期待中一天一天过去。

一天傍晚，奇迹出现了，他发现自己能够站起来了！能跌跌撞撞地冲向后门了！

他高兴地喊了一声："妈——"想把这个消息告诉在后山砍柴的母亲。

推开门，一条通往山里的小路，月光静静地照着，路面上铺满一层稠密稀烂的东西——啊！是药渣！这条路没别人走，只有母亲每天砍柴经过……

莫道伤心时

对于中国知识分子来说，有一段历史不便提，不能提，但是，又忘不了。那是一段什么样的历史呢？

乔老师女儿今天出嫁。

小女婿家一溜儿来了十几辆红色小汽车来接，弄得楼前围了好多人看。

乔老师越看心里越是高兴，虽然丈夫去得早，自己这后半辈子，也算没白活。

十二点刚过，主婚人说，时辰已到。打发新人动身。

一会儿，新郎扶着新娘，从房里走出来。

伴娘一边撒着福碎，一边把两位新人领到乔老师跟前道别。

女儿提起雪白长纱裙，说："妈，我走啦……"话没说完，眼泪就流出来了。

乔老师却乐呵呵地说："哎，今天是你们的大喜日子，应该高兴才是。看看，你们俩都是研究生，又是同班同学，互相了解。好了好了，快上车吧。不哭了，啊？这么大的人，还哭！"

一对新人，双双施礼下楼。

乔老师的大姐在一边瞅着乔老师。瞅了一会儿，就走过来，悄悄地揲了揲乔老师的衣裳，说："哭呀！哎，你快哭呀！傻了？还笑！"

乔老师有些木然："你说什么？"

"嗯，快哭！楼下的鞭快放完了。"

会飞的小花帽

"哭啥？好好的？"

"哭嫁！女儿动身，娘不哭，日后生哑巴哩！别问了，快哭几声，快哭，下面汽车要开了。"

乔老师看看大姐，又看看众人，不但没哭，反笑起来："大姐你真是，叫人家当这么多人咋哭得出来？咯咯咯，我不哭。"

乔老师不哭，大姐倒抽抽哒哒地抹起鼻涕来："想起来，倒也快，这丫头都当研究生，结婚成家了。那阵子，他爸关在牛棚里，你在五·七干校，她才不到两岁，我就那么拉尿喂饭，带着她往前过，那过的啥日子呀！有一顿没一顿的，小脸儿饿得瘦瘦的，头上那点黄毛毛，总不够扎辫辫。记得七九年秋天，都快五岁了，我带她去干校看你，让她叫你妈，她偏叫阿姨……"

"别说了！姐，你别说了……"乔老师捂着脸，跑进房里，大声哭起来。

寻夫记

男人出来打工，不回家，家里孩子和老母亲十分需要他。媳妇被迫出来找他，四处找，找遍了全国，自己找成叫花子，能找到吗？

一个男人，一个女人，经过几年的艰辛，在路边盘起一个小店面。男人负责到市里去提货，女人负责站店。男人四十多岁，女人才二十多岁。男人很爱女人，从外边回来，不管多脏多累，先抱着小女人啃几口。周围做生意的，歪着眼瞄：这一对，肯定是二锅头，不是原配。原配，一般上了床才啃，哪有这么馋的？

第三辑　家庭生活类

天不早了，男人提货还没回来。小女人一个人搬不动一大袋食盐，正好门前路上走过一个要饭女人。招手喊："过来，请你帮我抬一把。"

那个要饭女人走过来，帮小女人把盐袋抬到柜台里边去，小女人对要饭女人看看，说："给你馍吧？"

要饭女人说："不要馍，吃的街上能捡到，有钱就给两毛吧。"

小女人顺手给了要饭女人五毛钱，要饭女人很激动，连声说小女人心好，肯定发大财。

要饭女人几句好话一说，小女人喜从心来，顺手又掏了一块钱给要饭女人，要饭女人双腿往地上一跪，哭着说："老板娘，你是我见到的第一个好人！你日后一定要发大财！做大老板！"

小女人被要饭女人夸得有些不好意思。说："做啥大老板？我也是从内地来的，刚到这里做一点小生意。大姐，听你说话口音，你也是内地人吧？"

要饭女人叹了一口气，说："不瞒你说妹子，我是出来找丈夫的，不是出来要饭的，杀千刀的，跑掉都五六年了！音信全无，不知是死是活！家里母亲愁得生病死了，两个孩子我又无法养活，没办法，就出来找他。都找几年了，从广州找到深圳，从上海找到北京，这又找到新疆来了。哎！哪里也没有杀千刀的影子！妹子你看看，我都找成什么样了！"要饭女人说着，又抽泣地哭起来。

小女人觉得要饭女人好可怜，大老远的，一个人找到新疆来，真不容易。问："那你晚上睡哪？"

"桥洞、垃圾屋，哪儿避风睡哪。"

小女人说："天也不早了，你今晚就睡我们店后边小棚棚里吧，那儿暖和一些。秋天，乌鲁木齐夜里冷得很。"

要饭女人一听，马上又跪下对小女人磕头。

天黑了，街上路灯亮起来。楼上的彩灯闪起来。

141

会飞的小花帽

去市里提货的男人，拉了一车货回来。今天提的货便宜，男人心情很好。吃了饭，洗了脸，就叫小女人上床。上床不一会，就听到床上狂风大作。小女人吭哧吭哧地说："你，你轻点儿，后，后边棚棚里有，有人哩。"

男人活不停，问："谁？"

"是，是一个要饭的女人，说是出来找丈夫的，丈夫跑掉五六年了，家里母亲愁得生病死了，两个孩子也没吃的。哎！这人真可怜！"

"从哪来的？"男人动作慢下来。

"她说她老家是河南信阳的，丈夫姓孙，叫孙二贵，跟你同名。她说，五年前，丈夫在广州打工，说自己犯了官司，要出去躲一阵子。结果，一走就再没回家。哎！你说二贵，这种丈夫多不是人哪！"

男人听到那边棚屋里有动静，就刹住身，好一会儿不动。

小女人抬头看看，说："二贵，把灯关了吧！板缝中能看到咱们哩。"

男人没说话，从小女人身上爬起来，套上裤衩，顺手拿了把水果刀出去。

小女人吃惊地问："哎二贵！你干什么去？"

男人说："我到后边棚棚看看，那女人是好人坏人，你怎么随便把人留在棚里过夜！"

男人来到后边小棚棚，拉灯一看，里边空空的，根本没人。

第二天一早，两个民警来到孙二贵店门口，问孙二贵："你就是孙二贵吗？暂住证？"

"我……"孙二贵连忙拿出暂住证，抬眼一看——民警后边跟着个要饭女人，顿时全软了！

想当年

许多人不想提起当年,恰恰当年的事又是最难忘的——看看他(她)们的当年。

吃过晚饭,还有些时间,我想到图书馆去看一会儿书。

我背着包,从大三男生宿舍后边的小路走。

刚走进小树林,前面林荫道上,一对年轻的夫妻推着一辆绿色的婴儿车,不慌不忙地往前走着。那个刚做了母亲的年轻的妻子,个子很小,仿佛比我还要小几岁似的,说话的声音也特别单薄:"志新,你知道这条小道上,一共有多少块方砖吗?"

年轻的丈夫一时怆然:"多少砖?我不知道。"

年轻的妻子肯定地说:"840块。那时,我每次去图书馆,都喜欢打这条小路上走,每次都210步,每步四块砖。"

"你们女人呀,就这一点不能跟男人比,心眼太细!走过的路,还记下砖块,不可思议。"

"哎!这个世界上,当学生的最苦最傻,尤其当女生。你想想,当年我们没日没夜地拱那么多古纸堆干吗呢?结了婚,生了孩子,什么都忘了!所学的那些东西,要不是留校教书,又有什么用?要是现在再让我进图书馆,我宁可跳楼!"

"哎,不要这么伤感嘛,人就是这样,30年河东,30年河西。你到了河西,河东还有人呀,咋办?"

年轻的妻子看看小孩,说:"哎,你说,我们的儿子,将来让不让他上大学？我舍不得儿子也跟我们一样苦。"

男的叹了口气："到了他们这一代，读书将会更苦！社会越来越进步，人类积累的知识也越来越丰富，从小学到大学，16年时间肯定学不完。"

"太可怕了！哎，你说，那时候，像这个大学的图书馆，要多少房子呀！"

"那时候的图书馆要的房子，倒会更少些。"

"更少些？"

"那时候，会有数字化电脑图书馆，几张光盘就相当一座五层楼的图书馆……"

年轻的丈夫没说完，小车里的儿子醒了。于是，年轻夫妻立即转向了儿子。

我深情地对这一对校友看了看，拐了弯，向图书馆走去。

寻求女人

重男轻女的结果，是男人找不到女人。

2100年的一天。

他在智能别墅里醒来。枕边控制键一按，机器人小姐走过来。

"请多关照。"日本产的仿真机器人，山田秀子。

他说："网上看看，昨天的征婚广告有无反映。"

"秀子"说："先生，这是您第100次征婚了，有信心吗？"

他确实心灰意冷！男多女少，光棍村光棍街，多的是！他四十好几了，还没有过女人。看到漂亮的"秀子"，不免冲动，想搂一搂她。

第三辑　家庭生活类

"秀子"推开他，叽叽呱呱说："你们人类真虚伪，疯狂生男的，又疯狂想女的。从你爷爷开始，就做产前B超，一共'超'掉四个女婴，才'超'出你爸爸。你爸爸又接着'超'，'超'掉五个女儿，才超出你来。男人多了好吗？战争、恐怖、性骚扰……"

他光火大发："够了够了！"手猛一按键。"秀子"闭嘴，走开。

哎！现在缺少女人，谁的罪过？祖辈们为什么要"超"呢？生男育女天注定。这样下去，人类能维持多久？

没办法，让我自己变成女人吧！上帝呀！万能的主啊！您发发慈悲，拯救人类吧！

上帝还真的为他所动。第二天醒来，他不知不觉变成一个婀娜多姿的女人。不久就跟邻居男士结婚。万能的主啊！您太仁慈太可爱了！我太幸福了！

上帝说："我的孩子，幸福还在后头哪！你已经怀孕了！"

"他"惊喜："男的女的？我要女孩。"

上帝说："是女孩——她是你爷爷'超'掉的第一个女婴。阿门！"

又是一个圆月

月圆了，儿子该出来了。他还没到家，她来了，娘哭了。

又是一个圆月。

大山抓进去已经整整三年了。今天，派出所通知大山娘明天去镇上接人。哎，他老子临死时，再三嘱咐大山娘，一定管好大山。

会飞的小花帽

可是，现在的年轻人，顺着不走，横着走，一个老太婆能管他到什么时候。杀千刀的，不知啥时学会了赌。死赌，赌输了就跟人家打架。才二十一岁，娘就给他办了婚事，指望成个家，能收收心。可是，结婚不到半年，就让亮铐铐给铐走了。媳妇玉珍也回了娘家，不到三天，就送来了离婚书。哎，好好的一个家，就这样算完了。

月儿越爬越高。

院场上越来越明。

门前的杨树影儿越来越短。

大山娘准备明天早早上镇，就给猪添足了一天的食，又给鸡舀了瓢苞谷。一转身，发现树影下有个人，站在那儿掩掩地，不敢往前走。大山娘一看，咣当！扔下手里的瓢，骂道："你们这伙畜生，大山坐了三年牢，都是你们把他给带坏了。知道他明天要出来了，你们又来找他。谁敢再叫他去打牌喝酒，看我咋饶了他！"说着，一把操起地上的菜刀。

"……是我。"一个女人的声音。

"你是谁？"大山娘站住了。

"我是阿珍。"

"阿珍？！"大山娘吃了一惊，"你……这么晚了，你来干啥？"

阿珍小声说："思，叫奶奶。叫呀，思思。"

"阿珍，你生娃儿啦？"

"嗯。他走的时候，有的。那时候，也没多大感觉，也就没说。后来明显了，我也不想告诉别人，是怕娃儿日后……"

"那你今天来？"

阿珍好一会儿不说话。

大山娘上前去摸摸娃儿小手，想看看娃儿。娃儿怕生，直往阿珍怀里钻。大山娘觉得很伤心，撸起腰裙拭泪："阿珍，你往后能把娃儿经常抱来让我看看么？"

好一会儿，阿珍才说："我，我今天是来跟他合的……"

"你说啥"其实，大山娘已经听清了。说，"这事，你娘、你家里人……"

"我娘和邻居们都劝我，公安的人也到我家去过，他也常给我写信，农场干部也来过，还说他表现不错，要我帮他。"阿珍用脸磨了磨孩子，再说，"思思也快三岁了，我……"

"好孩子，我的好闺女……"大山娘冲上前，一把搂住一大一小。

这时，月亮也从云里钻出了来，又圆又明。

一次南方游

旅游车又到了另一个景点，吃午饭。他不想一起吃，怕回去时路费不够，就啃个干馍。导游一句话，差点儿把他后悔死。

上有天堂，下有苏杭。到了苏州，好像还没玩够。头儿说，明天黄山三日旅游，每人先交一千。

出门统一行动，不交不行。老毕到厕所里去，将裤衩里的一千块钱拿出来。这是临出发前，老伴给他缝的，说缝这儿安全，谁也不会怀疑这儿有别的东西。这一千块钱交了，身上就没什么盘缠了，一路上吃喝，就不能不考虑节省一些。

中午，车到大桥镇。

导游小姐手拿电喇叭说："哎！客位，中午在这儿吃饭，吃完饭就上车。我们的车牌号是56，临时就编为56团。我发给每个人一张56团的牌牌，大家把它别在身上，以便联系。不管走到哪儿，我

会飞的小花帽

一喊 56 团，你们就集中。好，吃饭。"

大伙一下车就直奔餐厅，很快就一桌一桌地自由集合起来。餐厅小姐忙不迭地给每张饭桌上饭、上菜、上冷饮，饕餮之声，不绝于耳。

老毕没敢进去集合，他知道身上的钱所剩不多，说什么也不能把返程路费吃光。别人大吃大喝，他一个人悄悄地转悠到树下，看人家捣台球。导游小姐还没叫 56 团上车，他就一个人先钻到车上。

晚上，车到黄山。

导游小姐说："大伙先在黄山宾馆住下，每个房间里的人，都是事先安排好的，四人一间，自由集合。晚饭，就在宾馆的食堂里吃，十人一桌，自由集合。"

老毕已经一天没敢集合进去吃东西了，饥肠辘辘，肚子饿得两腔贴一腔，他心里害怕，这样下去能不能走出黄山，还是个问题。没钱吃大桌，就花点钱，一个人买罢。他就一个人来到厨房，轻声跟跑堂的小师傅说，他是 56 团的，想买两个馍吃。

跑堂小师傅听说是 56 团的，这人肯定是在餐厅没吃饱，跑到后堂来补充的。让客人吃不饱，多不好！与美丽的黄山多不相称！跑堂小师傅连忙进去拿了四五个白馍，给了老毕。

老毕一边喝着矿泉水，一边咽馍。

吃完饭，导游小姐进来跟厨房结帐，看见老毕在后堂吃馍，就说："嗳，你怎么了？你不是我们 56 团的吗？咋一个人在这儿吃小灶？"

老毕不好意思，说："不瞒你说，这次出来，没准备游黄山，头儿临时决定的。所以，囊中有些羞涩，留下路费，身上所剩也就不多了。"

导游小姐一听，大笑道："嗨，你这个老先生，开的什么国际玩笑？这三天的吃住，都包括在那一千块钱里边了。"

毕工一听，愣愣地瞪着导游小姐，嘴里的馍，好半天才咽下去。

都怨当初

两口子做出那种决定，一定要慎之又慎，否则，会后悔一辈子——瞧这两口子！

这几天，我的房子就跟闹鬼似的，每天下班回来，防盗门上总有个小塑料兜儿，里边有时装个热热的馍，有时装个脆脆的饼。有一回，还是烧好了的一盒红烧肉。

到底是谁这样暗暗地关心我？我一直弄不明白。

是她吗？根本不可能。要真是她偷偷给我做饭，那为什么还要闹得鸡飞狗跳地跟我上法院离婚？

那么，这些吃的，到底是谁给我做的呢？难道是我女儿吗？也不可能，她才十岁，就是有这么大的心，也没有这个时间呀？我下班，她还没有放学。即便是有时间，她妈会让她给我送饭吗？

不知这种好事今天还有没有？

我想着，到了门前。正掏钥匙要开门，一看，又是一个红色的小塑料兜，静静地挂在防盗门那铁扣上。我拿下兜来看看，里边是煎得黄黄的几块带鱼。放到鼻子上闻闻，好香啊！跟前年隔壁老李老师请我们吃饭吃到的带鱼一个味。那么，是老李老师给我做的吗？一个退休的老教师，她怎么会给我做饭？

下午，我刚下班，隔壁办公室的小徐喊我接电话。我过去抓起耳机，刚问了一声哪里，电话里就传来了非常熟悉的一阵咆哮："哎，

149

会飞的小花帽

我说，姓刘的，收起你的假殷情好不好？别那么自作多情了，你以为你开个慈善机构，给我们娘儿俩施舍一点吃的，就能证明你是一个好男人？我们娘儿俩就是饿死，也不要你的怜悯！"她说着，抽起了一下鼻涕。又说，"行了，你要是把我们娘儿俩当回事，早干嘛去了？"

我听不懂她在说些什么："天，你说些什么哪？"

她又凶："什么什么？没什么。你给我送的带鱼，我喂狗了！"

"你说什么呀？什么带鱼？你把话说明白好不好？哎，我房门上带鱼是你送的？"

"别胡扯，想我送给你？哼！没门！"

"那？……"

"咱俩的关系早断了，不就等下礼拜去法院签字吗？你又来骚扰我干吗？又是送馍，又是送饼的，不怕影响孩子学习呀？早知今日，何必当初，神经！"

简直是一脑子的莫名其妙！太莫名其妙了！我以为是她还在暗中爱着我，想不到她仍是这样恨纳粹一样恨我。

这事不就更奇了？

毋庸置疑，这事，肯定是我女儿干的。现在的娃娃，真是人小心大。想到女儿，我不由地心一酸，泪水在眼眶里直打转。有句话不假，一个家庭的解体，最割不断的就是儿女。每当想起女儿，心里就会暗暗萌生一种求全的念头，如果她有意重归于好，她脾气再凶，我也能忍，为了孩子，也是没有办法的办法。

下午，我根本没在公司好好上班，不到五点，我就到市六小门口等。等了好半天，才见到女儿背着书包，从操场那边过来。

"莹莹。"

"爸！"她高兴地叫着跑过来。

第三辑 家庭生活类

我上前抱起女儿:"你这些日子好吗?爸想你……"

莹莹用小手给我擦眼泪:"爸,你别哭,我也好想你,妈也想你。"

我一听:"是吗?你妈都说什么?"

"妈给你织毛衣了。说,织好后,让我给你送去。"

我一时不知心里是什么滋味,她给我送去,那就说明这个小东西,已经不止一次地给我送东西了。妈的!一个男人活在世上,咋就这么难呢?!都说做女人难,其实做男人更难!做娃娃也难哪!一时间,我心中对妻子似乎全是好感。说:"莹莹,代我谢谢妈。你告诉妈,爸以前不好,让她不要生气,好吗?"

莹莹对我看看,觉得我这个检讨做得很惊人,很高尚,很了不起,又有些不能令人相信似的。

我见孩子不说话,就说:"莹莹,你以后不要再给爸送饭,爸没空做,就到街上去买,反正不会饿着的,啊?"

莹莹说:"妈也让我告诉你,叫你以后也不用给我们送饭了。这几天,我们老在门上拿到你送的馍、饼子、还有许多好吃的。爸,你现在做的饭真好吃,妈也这么说的。"

我一听,心里又犯起了糊涂,饭不是莹莹送的?就是说,这个好心人,不但每次给我做了饭,也给前面楼上的妻子、女儿送了饭?!

奇怪,难道我们真的遇上仙人了?无论怎么说,这事总得弄个水落石出,总不能老吃不明之食。于是,上班前,我就在门上别了个小条子:

亲爱的好心人,你的好心我们领了,请你告诉我们,你到底是谁?也好让我们吃个明白饭。

晚上下班回来,门上兜里除了一把洗得干干净净的韭菜,还有

151

会飞的小花帽

一把挂面。这人似乎知道我爱吃韭菜下挂面。我把小塑料兜儿拿进来看看，兜里边也夹了一张小纸条：

我十分希望你们能够重新和好。做了夫妻，又离婚，这是一件不幸的事，年轻时不觉得，到老了，才能尝到它真正的滋味！可是，当你真正尝到这种滋味时，已经无法挽回了。因为，人生只有那么短暂的一瞬。

——邻居

啊！原来是老李老师，原来是她在暗中撮合我们！

我没有马上惊动她老人家，一个人在屋里反复念着她的条子，静静地想了好一会儿，饭也不想做。最后，决定到妻子那儿去一次。

我到了前面楼上。敲开门，妻子吓了一跳。她根本没想到是我，吃惊地望着："你！是你……"

我没说话，走过去，拉过莹莹，坐到沙发里。

妻子不知我的真正来意，以为我是单身久了，坚持不住了，来找她的。

我坐了一会，把那纸条拿出来，送到她跟前："你看看，是谁一直在暗中给我们做饭。"

妻子，半信半疑地接过纸条，看了看，也有些不可思议的样子，说："原来是她！老李老师……"

我说："老李老师她为什么要对我们这样好？那么大年纪的人，又要买菜，又要做饭的。"

妻子沉重地说："她离过婚。"

我一听有些恍然："她离过婚？她都八十多了？你怎么知道的？"

妻子说："李老师的丈夫就在我们单位小王那栋楼上，年纪好像比老李老师还大些。那老头生活可苦了。听说他们有一个女儿，很早离开了他们，根本不来看他们，就因为他们那时常常闹离婚。"

我接过话，说："这老李老师也很苦，我看她一个人怪可怜的。大概人都是这样，年轻时不觉得，老了就感到孤单了。现在看来，他们当年也完全是一时情感上的隔阂，造成了长达几十年的痛苦。"我停了一会，又说，"她完全明白我们也在制造这种痛苦，所以，她才竭力制止我们再去重复他们的悲剧。她可能觉得我们将来的悲剧，跟他们太相似了，我们也只有一个女儿。"

妻子好一会不说话，心不在焉地看着电视。

我又说："玉芬，我们好歹抽个空去看看老人，好吗？不管怎么说，人家也是一片好心，你看呢？"

妻子没有接我的话，转身去房间里拿出一件毛衣，扔到我腿上，说："试试，看小不小。"

这一夜，我没有回去。

家有小儿

家里小儿子到底是笨，还是智力发展慢些？这位父亲的做法恰当吗？

我上了车，刚坐稳。忽然听到有人叫我的名字："老刘！刘殿学！"

谁在叫我？站起来，一眼看见王旭酉，手里拽着个小儿子，用力往前挤。王旭酉是我中学同学，都好几年不见面了。我忙上前接过王旭酉手里的东西，拉过他的小儿子，问他们去哪。他说去西安。我又故意弄弄王旭酉的小儿子，问："你去哪？"

会飞的小花帽

小儿子不说话。

王旭酉马上说:"这狗日的,愣种!见了人总不说话。都快六岁了!"对他小儿子说,"叫,叫叔叔。"

小儿子对我看看,不叫。大约是因为我才被他爸的,所以就不理我们,自个儿扒到窗口看远处的天山。

王旭酉的儿子不知叫人,王旭酉有些没面子,说这孩子简直愣得有些弱智,一天见谁都不爱说话,在幼儿园跟小朋友也是爱理不理。说他夫妻俩都担心死了,怕将来长大成废人。这次去西安请个民间专家给看看。

我当过老师,知道一点孩子的个性,叫王旭酉千万不要急,有孩子发展慢,有孩子发展快叫他不要乱看。

王旭酉不太听我的,就去厕所。

我搂过王旭酉的小儿子,问:"告诉叔叔,你叫啥名字?"

王旭酉的小儿子掉头对我看看,告诉我,他叫王杨博格。

我问他:"你是民族人吗?咋叫这个名字?"

王旭酉的小儿子摇摇头。说:"我爸爸姓王,我妈妈姓杨,博格就是天山最高峰。"说着,手对车窗外那白雪皑皑的天山山峰一指,"你看,在那。"他眼一低,看见戈壁滩上有羊吃草,说,"叔叔,你说那些小羊在那儿吃草,要是狼来了咋办哪?"

我觉得这孩子的心理一点也没问题,自己在火车里坐着,还担心外边小羊的命运,这孩子愣吗?

我正和孩子说着话,王旭酉上完厕所回来。说:"别和他扯淡,咱们摔牌。"

我们几个大人摔牌。王旭酉的小儿子一个人觉得没趣,便伏到我的肩上,而不去靠他爸。玩熟了,胆也大,弄弄我的耳朵,又弄弄我的头发。后来,竟把我的手机也摘下来。他爸看到了,骂他滚一边去，别捣乱！

他到一边去，又把我的手提电脑箱打开。王旭酉凶他，说那是值上万块钱的，叫他别动。要去揍儿子。虎着脸，就顺手拿了一张旧报纸，把报纸下边的一幅房地产广告图，三下两下，撕成十几块，叫他儿子拼着玩去。并说，拼成了，给五块钱。拼不成，下车时，就把他留在车上，让拐子拐。王旭酉安顿了一下儿子，又连忙转过身来，重新跟我们打牌。

这是一幅好大的彩色房地产广告画，高楼林立，道路纵横，花园、山水，应有尽有。这王旭酉，尽给孩子出难题，撕这么碎，叫孩子咋拼？

我们抓好的一把牌，才打了一半，王旭酉的小儿子忽然叫起来："爸，我拼好了，给我钱。"

我掉转头一看，那张碎彩画真的拼好了，放在小茶桌上，拼得与原来的一模一样。这小东西，咋拼的？我们几个大人一齐停住手里的牌去看。看来看去，看不破这个谜。

"爸，给我钱。"王旭酉的小儿子很得意的样子，又跟他爸要钱。

王旭酉也纳闷："你狗日的，告诉我咋拼起来的，我给你钱。"

王旭酉的小儿子把图往过来一翻——彩画背面是一个女人的脸。

妈，我抱你

小时候，妈妈老抱你，你现在能抱一下妈妈吗？抱吧！母爱更需要爱母。

中午快下班时，收到我哥的一则短信：妈身体不好，住在乡中心医院。

会飞的小花帽

我妈住院了！天！妈一直不生什么病，咋就住进医院了呢？一定病得不轻，否则，她不会住院的。我已经出了校门，赶快折回头，去找教导主任，请给我调一下课，明天回来给学生补。初三毕业班，已经到了兵临城下的时刻，离中考只有一个来月，缺一节课都不行。我赶快把车子送回家，安排了一下孩子，就去车站买票往家赶。

到了乡卫生院，找到妈妈的病房。喊一声妈，鼻子觉得好酸，眼泪一下子就涌出来了。

妈睁开恍若瓷珠的眼睛，对我看看，有气无力地说："咋了？妈活得好好的，你哭什么？"

我一听更往心里酸："还好好的，都病得这样了！你怎么不打个电话？"我话刚一说出口，一边的那个中年护士听不顺耳："你妈都病得起不来床，还怪你妈没跟你打电话？这话说的！"

我连忙解释："不是的阿姨，我是说，她生病，总是企图不让我们知道，生怕我们把工作耽误了。"

那个中年护士仍对我刚才那句话有看法："你妈不让你知道，你就真的不想知道了？养儿女图个什么？不就是老了头疼脑热有个照应吗？"她叹了口气，说，"而今的年轻人哪，一个字：忙！你在城里做什么工作？"

"教师。"

"多长时间回来一次？"

"一般都是过年回来。"

那个中年护士摇摇头，说："好了好了，把你妈扶到厕所去准备一下，马上医生来做检查。"

妈妈听护士一说，自己强忍着往起来拗，她想自己上厕所。

护士大声说："不行，让你女儿扶你。"

妈妈拗了几拗，并没有坐起来。我连忙腑下身去，说："妈，你别动，我来抱你。"我左手托着她的脖子，右手伸到到她腿弯下，使劲往起一抱，用力过猛，我身子往后一仰，向后倒退了几步，差点儿倒到后边的一张病床上，吓得后床那个老太，直往一边躲。

那个中年护士一吓，连忙上来抓住我："哎哟哎哟！你使这么大劲干什么？你以为你妈是头大象啊？"

我没去理会那中年护士，我吃惊地大喊："妈！你咋这么轻呀？"记得人民公社那阵子，妈为了我们上学，跟队里男劳力干一样的活，上百斤的担子，一天挑到晚都不歇。想起这些，我更伤心，"妈！这一年，你到底怎么啦？呜呜呜……"

妈不让我伤心，笑笑，说："这丫头，轻又咋了？到时候还省些煤炭哩。"

我更不想听这句伤心的话，急得直跺脚。

今天星期五

住宿的女儿每周五总要回家。妈妈心疼两块钱车费，女儿不花那两块钱也要回家——因为有妈妈的地方就是家！

今天星期五，这是住校的第五天了，寝室里的8个同学，都忙着收拾东西，准备第二节课一下，开路回家。

镇中学离马勺子村20多里地哪，哎！算了，身上还剩两块钱，坐大巴回去得了。

上了车，没多大一会儿，就看到家了。苍茫的暮色下，老远就能看到散落在半山腰里的村子。高高低低的房子，炊烟袅袅，妈妈

会飞的小花帽

一定在做晚饭吧？

到了门前，我四处看不到妈妈，好一会，妈妈才从地里回来。妈妈到山坡里翻地去了。自从爸爸车祸死后，地里的活，都是妈妈一个人干。我跑上去，接下妈妈肩上的大锄："妈妈，我明天帮你翻地嘛，你干吗要累成这样！"

妈妈问："今天星期几？"

"今天星期五呀？"

"你咋回来的？走路回来的？"

"不，身上还剩两块钱，坐车回来的。"

"两块钱坐车回来的？"

"不，车票一块八，还剩两毛钱哩。"

妈妈对我看看，老一会才说："每个星期都要花一块八毛钱坐车呀？"

我看看妈妈脸，知道妈妈心疼钱。

妈妈叹了口气，然后说："你上中学了，学费那么贵，每个月还得交伙食费，妈哪来的钱？"

我知道家里没钱，山坡上那几块坡地，种的粮食，还不够一年吃的。觉得自己不该花那一块八毛钱，就说："妈，下星期五，我不坐车回来。"

妈妈马上又看我："每个星期都要回来呀？"

我小声说："那，那我下星期就不回来了。"

可到了星期五，寝室里的同学都走了，我也想回家看看妈妈！家里没钱，就不坐车回家了，走路回家吧。过了五棵树，前面就是公墓岭，心里觉得好凄凉，让人真正感觉到"毛骨悚然"这个词什么意思。

要到家了！我远远地看到半山腰里那座熟悉的两间瓦房，窗子里已经亮起了灯。

"妈妈！"

妈妈听到我在门前路上喊，马上吃惊地问："桂芳，这么晚了，你一个人回来的？"

"嗯。"

"坐汽车回来的？"

"没有，我走路回来的。"

"你是穿那双新鞋走回来的？"妈妈将我拉至灯下，让我把新鞋脱下来给她看。

妈妈看看她亲手给我做的那黑布鞋，二十来里砂石路走下来，一层又一层旧布纳成的鞋底，后跟已经磨去了一半，心疼得眼泪都出来了。鞋往地上一扔，大声说："这鞋才几天就穿成这样！"

我看看鞋底磨坏了，心里也很难过："妈！呜呜……"

一个星期过得真快！就像同学们编的《礼拜歌》那样：星期一，硬如铁；星期二，一支花；星期三，如爬山；星期四，没生气；星期五，归山虎。到了星期五，住宿生们个个归心似箭。

我觉得，妈妈反对我星期五回家，那是心疼钱，心疼她亲手做的鞋子，我不坐车，不穿鞋不就得了？

我一个人走出学校，等没有同学看到的时候，我脱下鞋，用纸裹好，放到书包里，光着脚走路。天黑了，也看不清脚会踩到什么，就觉得脚心好疼。踩在尖尖的梭草刺上，就觉得脚心刺得好疼！

黑暗中，终于看到村子了！终于看到家了！看到窗口散发出来的温暖的灯光！那就是温暖的家！

"妈妈！"

妈妈连忙迎出门，喊："桂芳，这么晚了你一个人回来的？哎呀！"

"没事的妈妈,我不害怕。"

"你咋回来的?"

"我走路回来的,我没穿鞋妈妈。"

妈妈没看鞋,连忙蹲下去看我的脚。脚一挪,地上一个血印!妈妈一把搂过我:"桂芳……"

妈妈的一抔土

儿子公司破产了,不想活了!妈妈没有劝他,什么话也没说,只是给儿子捎上一抔土——他能懂妈妈的意思吗?

在城里打拼了十年,才跟人合开了一家公司,没当几年老板,公司破产!

天!我什么时候才能重新缓过来?再干十年?都快四十了,连个女朋友还没谈拢。

收拾收拾铺盖,回家。

以前回乡下,都是开着"奇瑞"从村里经过。车被法院判给了债权人。打出租回家。

其实,回家一点意思也没有。家,只有一个聋哑妈妈和两间稻草房。

妈妈不是生来就哑,学大寨,腰摔伤了,医生用了过量的庆大霉素,后来耳朵也慢慢听不见了。妈妈耳朵听不见,可心里啥事都明白。

妈妈看见我到了门前,马上高高兴兴从地里跑回来,啊啊,跟我说话。

我不想理她，就想睡觉。

妈妈看我脸色，知道在城里倒霉了。在房门口"啊啊"说了两句，那把放下的锄头，又拿起来，跑到屋后的地里，挖起一大块黑土，放到我床前的小桌上。

我听到妈妈的响动，以为她给我端饭来了。拉开蒙脸的被子，闻到的不是饭香，是一股泥腥味。转脸看看，小桌上放着一大块黑土……

什么意思？这是什么意思？我望着那抔黑土出神……妈妈为什么不声不响地挖块黑土放到我跟前？

是啊，就算都输光了，家还在，家乡还在，家乡的泥土还在。就算城里再也没法发展了，家乡不是还可以接纳我？是颗种子，种到土里，就会发芽。这是妈妈的意思吧？妈妈想得这么深，这么远，而我呢？

我猛一掀被，从床上拗起来，将妈妈的那块黑土包好，塞到兜里。对妈妈一鞠躬，重新进城。

又一个十年奋斗！

又一个十年打拼！

第二次创业成功！

我想回家好好看看妈妈。

这次不是坐出租，而是开的一辆崭新的"本田"。

车到村口，我没有马上开到妈妈的两间小草屋前，在村间的小公路上，美美地兜了一圈，遇见谁，都下来寒暄几句。兜完风，才得意洋洋将小车开回家。

妈妈不在家，妈妈在地里干活。

我不想再让妈妈走路，我要用车把妈妈从地里接回来。拐弯抹角，车一直开到妈妈的地边。

十年，妈妈老了许多。

十年，妈妈劳作的精神没变。

十年，地里黑土的芬芳没变。

我一摔车门，对妈妈看看，鼻子有点发酸。上前一把夺下妈妈手里的那把大锄，嗔怪道："妈！你这是何苦嘛！？叫你去城里，死活不去，难道你一辈子就离不开泥土吗？"

妈妈听不见我在说什么，但她能知道我心里在想什么。对我看看，就地又挖起一块黑土，送给我。

我不想要。一身崭新的南韩西服，洗一次，也得几百块哩。我轻轻地推开妈妈的锄头。

我觉得我这样做，妈妈一定是伤心了，回家肯定要跟我大叫大嚷一顿。

然而，妈妈没有生气，她将我扔掉的那块黑土，带回家来，仍放到我床前的小桌上。

妈妈无言。

泥土无言。

失败时，妈妈送我一抔泥土，要我不灰心。发达了，妈妈又送我一抔泥土，妈妈是怕我从泥土上站立起来，再摔倒在泥土上吗？

相信儿子

孩子如果没考好，给他鼓励，给他以信任，可能要比批评的效果更好。

期终考试完了。

高二（2）班召开家长会。等家长们到齐了，班主任王老师将这次期终考试成绩，从第1名到第54名，依次报给家长们。念到最后一名罗国栋时，王老师就停下来，问罗国栋的家长来了没有。

罗国栋没有父亲，母亲来了。听到自己的儿子排在最尾，心里特不好受，也没脸站起来答应老师，就小声说来了。然后，就低着头，坐在最后一排凳子上。

王老师没听到，以为罗国栋的家长没来，就有些牢骚。

"这样的同学，开家长会家长都不来，不知对自己的孩子还负不负责？已经是全班最尾的一个，再往哪差去？我真怀疑，智力上是不是存在障碍。"

王老师牢骚完了，接着就表扬了排在前几名的优秀同学，说他们下学期高三分班，一定能分到尖子班，上北大清华没问题。

罗国栋母亲听了心里更难受，人家孩子咋就这么有出息呢？我家国栋难道智力真有问题吗？

国栋妈回到家，看国栋在自己房里做题，咋看也不像是个智力有问题的孩子，从小学到初中，成绩一直不错，上了高中，就突然笨了？

国栋问："妈，今天开的啥家长会？"

妈妈说："没啥。老师叫家长配合学校，教育好自己的孩子，下学期就要考大学了。"

"期终考试，英语出了点问题，王老师没说我吧？"

"没有。王老师说你比以前好多了，上课也能专心听课，也很少去网吧。"

"不是吧，妈？"

"瞧你这孩子，妈还哄你？"

第二天，罗国栋从同学那里知道，两个多小时的家长会，罗国栋母亲一直低着头流泪。罗国栋想，妈妈一生的痛苦够多的了，自己成绩不好，让妈妈在家长面前抬不起头，也太不应该了。妈妈一直相信自己的儿子，记得小时候上幼儿园，老师在家长会上说我有好动症，可妈妈回来却说，老师表扬我了，在小凳子上坐得比哪个小朋友都好。十多年来，妈妈一直在鼓励她的儿子，相信她的儿子，可我……

那次家长会后，罗国栋就跟换了个人似的。高三分班，分到了尖子班。第二年全国统考，罗国栋大胆报考清华大学。

那天，罗国栋接到录取通知书时，一下子跪在妈妈跟前，哭着说："妈妈，这录取通知书应该是你的！"

"不，是你的！妈一直都相信你。"

大布娃娃

晚上，家里突然来了三个劫匪，爸爸妈妈被劫匪控制了，在房间里做题的孩子悄悄报了警。他是怎么报警的？请看完故事。

晚上九点了，萌萌正在紧张地做题，听到有人敲门。

萌萌妈去开开门，三个陌生的大男人，一齐挤进来。

萌萌妈忙说："哎哎哎！你们找谁？"

其中一个大高个冷冷地说："不找谁，找你家老公！"

萌萌爸出来一看，不认识。问："你们……"

那个大高个马上说："张老板不认识我们啦？眼下我们手头有点紧，想跟张老板借点钱。"

萌萌爸知道这些人是干什么的了，说："开啥玩笑？跟我借钱？再说，我根本不认识你们。"

那大高个也笑笑，说："你不认识我们，我们可早就认识你张老板了。"边说着，那三个人边对满客厅里看，一个快步走到电话机前，拔掉电话外线。一个跑到茶几那儿，抓走我爸的手机。

萌萌妈知道情况不好，马上大声问："你们这些人到底要干什么？"

那个胖子，脸上肉一横，上去一把抓住我妈："小点声娘们！"说着，手中胶带"嚓"一撕，"你是不是要贴这个？"

萌萌爸看到他们腰里有刀。缓了缓，说："有事说事，你们别乱来！"

大高个说："好，听着，我们只有三个要求：一、现金50万。二、不准报警。三、跟我们配合。"说着，坐下来，继续说："张老板，别害怕，我们只要钱，不杀人！要是不照我们说的做，出现什么样的后果，那，很难说。"

萌萌在房间里听得清清楚楚，心里"扑嗵扑嗵"直跳！以前都在电视里看到过坏人，今天坏人就在眼前！这可怎么办？她想报警，可她没有手机。再说，听到动静，那些坏蛋一定不会放过她的！那写张小纸条从楼上扔下去？也不行。纸条的目标太小，不能马上引起行人的注意……

萌萌想起老师讲的：万一遇到危险，要冷静，不要慌。萌萌冷静地对床上一看，床头上那个大布娃娃，眼睛骨碌碌地看着她……对！就请大布娃娃帮助我们！让它从楼上跳下去，给我们报警！萌萌连忙从练习本上轻轻撕下一张纸，写：

我家正在被坏人绑架！！请求帮助！！越快越好！！！22栋15楼A室张家。

会飞的小花帽

萌萌把纸条夹在大布娃娃怀里,轻轻地打开窗户,呼啦!扔下大布娃娃。

就在这时,那大高个坏蛋好像才想起我家应该还有人。问萌萌爸:"家里一共几个人?"

萌萌爸说:"三个人。"

"还有谁?"

"小女儿在房间做作业。"

"一起叫到客厅来。"

萌萌爸叫萌萌。

萌萌慢慢地走到客厅。

那三个人,就像三个魔鬼似的,同时瞪起眼对萌萌看了一下。

那大高个说:"坐,小鬼。别害怕,我们是来跟你老爸借钱的。我们原来是好朋友。坐下,看我们打牌,不准乱动。等你妈把钱拿出来,我们就走。我们喜欢温柔借钱。唉,可别让我们等急了!"说着,对萌萌妈看了一眼,掏出牌来,叫萌萌爸跟他们打牌。

大约过了10多分钟,忽听有人敲门。

屋里所有人都吃了一惊。那三个坏蛋同时互换了一下眼色,马上冷静下来,叫我爸坐着跟他们打牌,让我妈去开门。

门一开,三个110叔叔,拿出证件,迅速走到三个坏蛋跟前,将他们一个个控制住,说:"我们是巡警!请出示你们的证件!"

三个坏蛋,一个个脸色如土,吞吞吐吐,说是来跟萌萌爸打牌玩的,没犯法。

萌萌爸马上站起来,狠狠给了那大个子一拳:"强盗!我跟本不认识你们!"

110叔叔将三个坏蛋铐走了。

接着,从门外进来一位物业管理保安,抱着个大布娃娃走到萌萌跟前，问："小同学，这个大布娃娃一定是你扔的吧？哎呀！你真机智！"又对萌萌爸说，"刚才，我巡逻正好走到你们楼下，发现楼下扔下一个大布娃娃。捡起来一看，还有一封求救信，我就立即报警了！"转身抓住萌萌的手，说，"谢谢你小同学！你的机智勇敢避免了小区一起绑架勒索案的发生！"

萌萌听了保安叔叔的表扬，抱过她的大布娃娃，心里美滋滋的！

妈妈你别离开

妈妈在身边，一点不觉得妈妈好，有时还讨厌妈妈啰嗦。可是，妈妈离家一天看看？

A

汤姆和吉米是一对亲兄妹，汤姆是哥哥，吉米是妹妹。哥哥五年级，妹妹三年级。上学一起走，放学一起回家。回到家，妹妹总喜欢到哥哥房间做作业。他们一边做，一边还可以商量如何对付家中的另一个人，他们的妈妈。

汤姆和吉米认为，他们的妈妈哪都好，他们也很爱妈妈。可就是有一点不好，妈妈特爱唠叨。每天放学回家，妈妈首先问的一句话是："汤姆、吉米，你们今天老师都讲了些什么？说给我听听好吗？"老师天天讲的课都不一样，回到家再说一遍，烦不烦！

不说不行，妈妈一个一个地问："哎！汤姆，你是哥哥，怎么把老师讲的话都忘记了？一天六节课，老师不会什么都没讲吧汤姆？你是不是今天在课堂上没认真听讲呀汤姆？哎呀我的宝贝，你什么

会飞的小花帽

时候才能记住妈妈的话呀！"

汤姆不服气："谁说我在课堂上没认真听讲了？我还做课堂笔记了哩。"

"哦！是吗？快给妈妈看看。"妈妈看完哥哥的课堂笔记，又来问吉米，"吉米，哥哥都做了很好的课堂笔记，你呢吉米？"

"是的妈妈，我也做了课堂笔记。"吉米看看钟，说，"妈妈，你应该做饭了，我饿了。"

妈妈一想："啊哟！是该做饭了。"

妈妈走进厨房，才算安定些。

一会，吉米轻轻走到哥哥的房门边，小声说："汤姆，我想玩一会。咱们做一会游戏好吗？"

汤姆和吉米悄悄地溜到天井里跳皮筋。

妈妈看见了，说："哎！你们俩都玩去了？吃饭前，把数学题做完才对！否则，今晚11点前，你们的作业肯定做不完。你们看看，邻居家的孩子，哪个不在家里做作业？快进来！"

吉米不高兴，进屋后，并不想回到自己房间去，她要找汤姆上网玩一会游戏。

妈妈以为她的两个孩子都在做题。饭好了，喊吃饭时，才知道他们在电脑室里玩游戏。妈妈生气了："做作业的时候玩游戏，这是谁的主意？哎呀！你们也真是，什么时候该做什么，什么时候不该做什么，我都对你们说了，怎么老要妈妈操心哪？一个五年级，一个三年级，真不知你们什么时候能独立生活！"

汤姆和吉米认为自己是能够独立生活的。他们觉得，没有妈妈整天唠叨，也许他们会生活得很开心。

第三辑　家庭生活类

B

　　这天，舅舅来电话，说姥姥病得厉害。舅舅要出差，家里没人，叫妈妈去照应几天。

　　妈妈接到电话，愁得一夜也没合眼。离家好几天，汤姆和吉米怎么办？谁给他们做饭？谁叫他们早起？？晚上，谁催他们做作业？衣服、鞋子、手绢脏了，谁给他们洗？天要下雨了，谁叮嘱他们带雨伞？……哎呀！真不能离开家。可不离开又有什么法子？

　　妈妈想了一夜，早上对她的两个孩子说："汤姆吉米，姥姥病了，我必须去照看照看，最多三天，我就回来。这三天里，你们得自己动手做事情，知道吗？不过，这三天要做的事，我能想到的，都给你们准备好了。先说吃饭问题。早上，牛奶鸡蛋。每人一瓶牛奶，两只鸡蛋。"妈妈说着去打开冰箱，"这里一共六瓶牛奶，十二只鸡蛋。看好了，妈妈给你们放在保鲜层。中午，吃汉堡包。每人一个就行了，吃多了会坏肚子的。紫菜汤在大钵子里，到时候，汤姆你负责放微波炉里热一下。"妈妈又带汤姆和吉米来到厨房。"来，你们来看一下微波炉的时间。把开关开到'2'就行了。听清了吗汤姆？"

　　汤姆点点头。

　　妈妈又对吉米说："吉米，吃完饭，收拾餐具，应该是你的事。洗涤剂少放一些，餐具不是很油腻的话，一般放两三滴就行了。知道吗？"

　　吉米点点头。

　　妈妈又说："晚上做题，最好各人在各人的房间，这样，互不干扰。做完后，再看一会电视。十一点之前，一定要睡觉。否则，第二天会起不来的。"

　　汤姆和吉米点点头。

会飞的小花帽

妈妈把想到的事情,交待了一遍又一遍,最后还是不放心地走了。

中午,汤姆和吉米放学回来,家里安安静静。这是妈妈离开的第一天。他们觉得耳边没有妈妈的絮叨声多好啊!汤姆和吉米哼着歌,开始考虑午饭。照妈妈吩咐的,先开微波炉热汤。汤热好了,再取出汉堡包。妈妈叫一人吃一个。可一个吃下去好像还有点饿。哎!两人再合吃一个吧。

晚上,照妈妈说的,各人在各人的房间里做题。题很快就做好了。两人没看电视,玩了一会游戏就睡了。

一直睡到第二天七点半,汤姆才醒来。一看,天!迟到了!学校要上课了!汤姆赶快叫醒妹妹,两人早饭也没来得及吃,拼命往学校跑。

中午放学回来,觉得肚里饿得慌。汤姆书包一扔,开始做饭。先打开微波炉热汤。热好汤,一个人舀了一碗。然后抓起汉堡包就吃。吃了一个,还饿。再吃半边,还没饱,再吃半边。两人吃了四个汉堡包。真痛快!要是妈妈在家,肯定不会允许他们吃四个汉堡包的。

晚上一放学,两人就做题。做完题,汤姆说,今晚不玩电脑,看《哈雷·波顿》。

看了一会,两人就看睡着了。在沙发上一直睡到后半夜,身上很冷,才知道回房间睡。

上床没睡一会,吉米喊哥哥,说肚子疼。

汤姆起来给吉米找药。平时病了,都是妈妈负责他们吃药的,这会到哪去找药呢?药找不到,汤姆想去烧点开水给吉米喝,可又不知道怎么开煤气灶。

吉米疼得哭起来。

汤姆忽然想起在一本书里看到的,说人的肚子疼,两种情况,一是吃了不干净的东西。一是着凉后引起的。如果是着凉引起的肚疼,

第三辑 家庭生活类

只要靠着发热的东西暖和一会，也能减轻疼痛。于是，汤姆到厨房开开暖气片，叫吉米靠着暖气片站着，让暖气驱赶肚子里凉气。

暖气片一下开得太大，啪！照明电都全跳了闸。整个房子一片黑暗。

黑暗中，暖气片偏偏又烫了吉米的手。肚子难受，手又疼，吉米大声哭起来。

这时，汤姆和吉米同时想起了妈妈。

在没有光明的房子里，两人好不容易等到天亮。没吃早饭，汤姆就把吉米带到学校医务室，包好手，吃了药，才去上课。

下了第一节课，汤姆觉得自己的肚子也有问题，总想上厕所。校医说，肚子吃坏了！要打针。

C

第三天，天快黑的时候，妈妈回来了。

老远地，妈妈看不到屋里的灯，整个房子黑洞洞的，心里发怵！这个时候，汤姆和吉米应该在做作业的，咋不开灯呢？妈妈进门开灯。灯不亮。吓得喊："汤姆！吉米！停电了吗？你们咋不开灯？""

屋里没人答应。

妈妈吓坏了，喊道："汤姆、吉米！你们在哪哪？"

妈妈大声一喊，听到两个房间里一齐哭起来："妈妈！"

妈妈吓坏了，又要跑到这个房间去问汤姆，又要去那个房间去问吉米："哎呀孩子们，不要哭！好好告诉妈妈，到底发生了什么事？天！难道有坏人进来过？快说呀孩子！我是妈妈，妈妈回来了！"

汤姆和吉米同时哭着跑出房间："妈妈！你别离开！"

血汗钱

花别人的钱,有点无所谓,花自己的钱,手去拿一次舍不得一次,为什么?那是血汗钱!

放暑假了,周星渊对爸爸说:"爸,学校篮球队,要每个队员自己买一双篮球鞋。"

他爸爸问多少钱。

"八百多。乔丹牌的。"

周星渊爸爸一听,半天没合拢嘴:"啥!一双篮球鞋要八百多块!你当你是比尔·盖茨的儿子?你拿钱也太不当钱了!八百块钱都能买十双鞋了知道吗?"

周星渊听了不高兴。说:"八百块钱买十双?八百块钱买二十双也可以。那叫啥鞋嘛?我说的是乔丹牌的篮球鞋!乔丹知道吗?乔丹比奥巴马都伟大,那鞋能不贵吗?我说的是乔丹牌B款,才八百多块,要是乔丹牌A款,要一千多块哪!"

"我不管什么乔丹B款乔丹A款的,八百多块钱一双鞋,那不叫鞋!"

"人家乔丹是世界篮球巨星,他的一件23号球衫,卖两三千美元!说了更让你吓一跳哩!"

"天哪!你还要买球衫呀?"

"老师暂时没让买球衫,只说每人先买一双乔丹B款篮球鞋。"

"哎呀儿子,你自己没挣过钱。要是你自己挣钱花,不要说一次花八百,就是花八块,你都舍不得的。听说过吗?从前有个老铁匠,他有个儿子,整天游手好闲,都长到十七八岁了,总不肯帮老铁匠打一打铁,专门靠老铁匠挣钱养活他。后来,老铁匠老了,打不动铁了,就对老伴说,我们是该认真教教儿子自己挣钱了。否则,他将来会饿死的。老铁匠老伴愁绪满腹,她知道自己的儿子不会挣钱。老铁匠老伴瞒着老铁匠,偷偷地给了儿子几个硬币。让他到外边去转一天,晚上回来,把钱交给老铁匠,就说是自己挣的。

"儿子出去玩了一天。晚上回来,装得很累的样子,从衣袋里掏出几个硬币给老铁匠。说:'父亲,这是我一天挣的钱。'

"老铁匠接过钱,放到鼻子上闻闻,顺手扔进壁炉。说:'这钱不是你亲手挣的。'

"第二天,老铁匠老伴又给了儿子一些硬币,让儿子出去。并叫儿子晚上回来时,把手弄弄脏,把衣服弄弄脏,弄成像是干活的样子。否则,老铁匠是不会相信的。

"儿子又出去玩了一天。晚上回来,做出很累的样子。将那身脏脏的衣服脱掉。黑黑的手,掏出一把硬币交给老铁匠。说:'这钱可是我自己挣的。你看我,干活干得多辛苦啊!'

"老铁匠不理儿子。伸手接过钱,放到鼻子上闻了闻,又顺手扔进了壁炉。说:'你又来骗我吗?这钱不是你亲手挣的。'

"老铁匠老伴看出来了,如此溺爱儿子是无济于事的。她发现,老铁匠往壁炉扔钱的时候,儿子脸上一点可惜的表情都没有。钱不是自己挣的,到底不觉得心疼。就对儿子说:'儿子,看样子,你爹是骗不过的。你还是吃些苦,出去认真干点活,回来把钱交给你爹吧。让他知道,你是能够自食其力的。'

"儿子就真的出去找活干。今天帮这家干家务,明天帮那家下地干农活。一个星期过去了。老铁匠和老伴都担心起来,儿子不会自己挣钱，这些天不知咋过哩！一天晚上，儿子终于回来了。他走到老铁匠跟前，郑重地将一把钱送给老铁匠。说：'这钱可真是我自己亲手挣的。我帮人家打扫房子，又帮人家下地干活，才挣来这么多钱。'

"老铁匠一声不吭。接过钱，放到鼻子上闻了闻，又往壁炉里一扔。说：'别骗我了，这钱还不是你亲手挣的。'

"儿子一见，不要命地扑进壁炉，抢过那些快要烧着了的钱。哭着说：'你干什么嘛？我好容易挣来这些血汗钱，你却把它烧了！？呜呜呜……'儿子说着就大哭起来。

"老铁匠拉过儿子，笑笑说：'是的，我相信你儿子，这钱确实是你自己挣的。别人的钱，你不会扑进炉去抢的。'"

周星渊听了爸爸讲的故事后，好一会儿不吭声。

第四辑　社会生活类

　　选进这个类别的作品，视野会开阔些，文字也潇洒些，比家长里短的作品要放手一些，不知你在阅读时会不会有同一种感觉？

一桶水

　　有一群男人，他们常年工作在戈壁深处，最缺的不仅仅是女人，还有水。看看这一桶宝贝的！

　　从基地到沙漠腹地的205井，两百多公里，正好有顺路的油罐车，秀就带着儿子去井上看大泉。大泉有半年多没回基地了，说，当了领班，更忙。哎！忙不忙，就这样！跟了这班油狗儿做老婆，就得有那个耐性。

　　手机打到井上，班里几个小伙子乐的！

　　"小非洲"说："泉哥，我给嫂子先准备一杯凉水，啊？天热哩。"

　　"曼德拉"一摸"小非洲"脑袋："你懂个屁，得先准备'招待所'，知道啵？"说着，就找来块旧篷布，将小篷屋一角的大泉那张小床隔开。

大泉知道"曼德拉"啥意思,不说话,光笑。

那个开车的师傅人好,20来吨的大油罐车,戈壁上七拐八拐,一直把秀送到小篷屋门口。

五个汉子,下午没班,全在,见到秀拽着小儿子从车上下来,一个劲地咧着大嘴拍巴掌。弄得秀一时不知所措,红着脸低着头笑。一眼瞥见大泉站在人后边,几步走上去,捶了他一下,慌慌地撒下小儿子,逃也似地先进了小篷屋。

那个小儿子倒是没见过这般热烈欢迎的场面,就跟接待奥巴马似的。他不想跟妈进屋,摔着膀子,不要他爸抱,光对那几个黑脸叔叔看。

"曼德拉"喜欢得什么似的,蹲下去,手摸着人家的小鸡儿:"哎哎,狗儿,你看看,这五个人,你爱叫谁爸?"

"爸。"

"嗨!我当爸了!你们听见没有呀!哈哈哈哈,我当爸了⋯⋯""曼德拉"乐得用头去抵狗儿的小肚子。

"小非洲"听狗儿叫了"曼德拉"一声爸,心里痒,连忙拉过狗儿:"哎哎哎,你叫我什么?"

"爸。"狗儿三岁,谁问啥说啥。

"嗨!我也当爸了!哈哈哈哈⋯⋯"

"去去去!""曼德拉"推开"小非洲","你才多大?就想当爸啦?自己的小鸡鸡都没分头尾哩!人家狗儿叫我爸还差不多。"又拉过狗儿,"狗儿,再叫我一声,给你糖好不好?"

"爸。"。

"曼德拉"马上将糖塞进狗儿嘴里,又去顶狗儿的肚子。

"爸爸们"乐成一堆儿,他争你夺,抢着抱,抢着亲,又粗又黑的大毛嘴，把人家嫩嫩的小脸蛋儿亲得发红。

这时，有人拿眼这么偷着一寻，大泉不见了。再往小篷屋里听听，那围布里边，正在悄着声儿说话："秀……"

"秀。""曼德拉"心里痒痒地，小声跟里边学了一句。

里边人没听见。继续窃窃地说："我不用你喊我。你说，半年多了，想不想我嘛？"

里边的大泉羞答答地还没来得及说想不想，外边倒有人先替他说了："想！想死我了也！"

说完，大伙偷偷一乐，马上自觉地散溜开去，叫"小非洲"在外边看着狗儿玩，不准任何人进屋。否则，上了井，多扛五包水泥。

"小非洲"领着狗儿去戈壁滩的蒿丛里捉蚂蚱。狗儿跟在后边，一顿一顿地走。走到门前的红桶旁边，突然停下来，撅着小鸡儿，往里边尿尿。

"小非洲"一见，马上回过头："狗儿！哎哎哎狗儿！……"

一声没喊完，大泉在门里先看到了，大步跨出来，对着儿子的光屁股，"啪！"一巴掌："你狗日的，这能尿！？"

狗儿一吓，尿线线立马断了，捂着屁股，望着大泉的脸，嘴一撇，"哇——！"大哭起来。

刚散溜开去的"爸爸们"一听，赶快跑回来。看看狗儿圆溜溜的小屁股蛋上，五条红蛇棱，一条一条往起棱，心里就疼死了！一个个瞪起眼，吼大泉：

"你二球呀你！？你二球！"

大泉不听吼，急得拉过儿子，还要再来一下。

"曼德拉"紧紧地搂住狗儿，抚摸着狗儿一红棱一红棱的屁股，一抹泪，狠狠地梗起头："你一个人的儿子？他刚才叫我爸哩，你没听见？"

会飞的小花帽

大泉急得一跺脚："你看看，把这桶水给整的！全班一天只能分到一桶饮用水。待会，大伙就要灌水上井，咋办？"

"那怕啥？童子尿去火，知道啵？真是！""曼德拉"说着，又对一边的"小非洲"发态度，"你愣着干啥？给大伙灌水准备上井！"

"小非洲"转身去小篷屋里叮叮当当把大伙的水壶找来。

大泉不让灌，说："我对不起大家。"

"小非洲"脖子一梗："咋啦？他也叫我爸哩，你没听见？"

人之初

人之初，性本善。这说的是刚出生的时候，对社会懵懂的时候，长大了呢？人性就复杂了，就狡猾了。哎！人不要长大多好！

在车站等车，是段很无聊的时间，看没看的，玩没玩的，坐久了，屁股生疼，就想站起来晃晃。

那边，几个小伙在嚷嚷着打牌。

我走过去，靠在一根柱子上，看他们打牌。没看一会，忽然觉得哪儿有点儿不对劲。肩一动，衣服便粘在了柱子上——糟糕！柱子上一张红油墨写的寻人启事未干！看看大半个肩膀印得红红的，我真想一脚将那根倒楣的柱子踹烂。你不知道，这身"红豆"西服，是出差前妻子刚给我买的，整整两千五，才十多天，就整成这样，我操！

再抬头一看，我前面一个"灯泡顶儿"，后肩也是红红的。然而，他是那样若无其事，在看他的牌。妈的，这小赤佬太损！

我正恨出眼泪来时，一个小广州佬，呵着鸟语，走过来，豪不客气，挨到我跟前，占了我的位子，笑开嘴，看那摊打牌的。

我看见他那瘦瘦的肩，扛着笔挺的浅灰色高级西服，准备往柱上靠的时候，我想叫他一声。然而，我也没。该我红肩第二，就不该你红肩第三？否则我心里觉得特不平衡。

他也跟我一样，看了一会，就不想看。离开时，瘦肩儿也紧紧地被柱子粘住了。

我以为他一定要骂一声，妈的，油墨未干！然而，他也没，他比我更加机灵，掉过头，看看肩后一片红色的云，面不改色，心不跳，没事一样，站在一边，继续看牌。

又有了这么一个跟我同样的受害者，心里觉得宽慰了许多。可以肯定，这小广州的那身西服，一定比我的红豆还高级，像是韩国进口的。人家那样的衣服都能认了，我为什么不？若是再印出红肩第四、第五来，我想，我心里会更加舒坦的。

于是，我就站在那柱子旁边，继续守株待兔。

不一会，一位年轻的中尉，高高的个头，长脸，高鼻梁，鼻梁上架着眼镜，样子好帅，好英俊！他也走过来看牌。当他扛起戴着一杠两星的肩，准备往柱子上靠的时候，坐在那边的一个小男孩，马上叫了起来：

"叔叔，那柱子上的油墨没干！你看，那几个叔叔的肩都染红了！"

谁也没想到，这个红色的秘密，竟被一个天真的小男孩说破了。

我望着那个可爱的小男孩，心想，这世界上的人，都不要长大多好！

哀婉的琴声

盲人乞丐，坐在路边，嘴上吹着箫，耳朵听着路人在他面前的破钢筋盆里"当！"丢下一个钢镚儿。如果有没出息的人捡起钢镚儿，丢下一颗小石子，他同样能听出来。

早晨上班，过天桥，发现桥边坐着个瞎子，一支长箫，一头顶着嘴唇，一头支地，《孟姜女》的曲子，幽幽咽咽地从长箫飞出。

一对青年男女，互相架着，从桥下一步一步上来。走到瞎子跟前，小伙腾出一只手，弯腰，从地上捡起一块豆大的石子，对着瞎子跟前的铝饭盒"当！"投进去。

"谢谢！"瞎子马上挪开顶着嘴唇的长箫，说。

我轻蔑地瞪了那小伙一眼，顺手掏出一元硬币"当！"放进饭盒。

"谢谢！"瞎子又移开长箫，平缓地说。

我并不想听瞎子说谢谢，是让小伙听到金币的响声。我没理瞎子，自豪地往前走。想，这"当"一下，肯定会使那小伙心里产生几分自责。

那小伙没走几步，折回头，轻轻地拿起我投进饭盒的那枚硬币，又捡起一石子"当！"投进去。

"谢谢！"瞎子仍那样平缓地说。

我满心的火一下窜上来，猛回头，一把抓住那小伙领口，想大声训斥他，又怕瞎子知道有人戏弄他，会暗自伤心。抓着那小伙，来回搡了几下。

那姑娘看我要打人，马上从小伙手中抢过那枚硬币，"当！"

又放到瞎子的饭盒里。

"谢谢！"瞎子又说。

硬币已经还给瞎子，我狠狠地揉了小伙一下，放开他，意思叫他积点德。

小伙不服，对我梗着脖子。姑娘竭力息事，使劲拽，把小伙拽走了。

长箫停住。瞎子平缓地说："你是好人。但，脾性不好。人好，脾性不好，不能算好人。"

我本是向着瞎子，瞎子倒数落我？于是我大声告诉他："他刚才投的是石子，你知道吗？他明明在捉弄你，知道吗？"

"知道。石子什么声音？硬币什么声音？我听得出来。"

"那你为什么不谴责他？太缺德了！"

"看看，看看，你还在生气？没必要。在他，是取乐。在我，是一个声音：当！就这么简单。那饭盒里的钱嘛，有人拿，有人给，到底是给的人多。"

我缓了缓，说："你咋这么说话？你这不是助长坏风气吗？"

"又来了，又来了，你这人心好，脾气不好，脾性不好，不能算好人。你反过来想想看，他要拿，我能不让他拿么？我看不见，也追不上他。哎！你想听曲子吗？"瞎子说着，慢慢地将长箫顶住嘴唇。

悠扬而又忧伤的箫声，继续在天桥上空哀婉地飘荡。

动人的谎言

编班考，他故意没考出原来的成绩，这是为什么？读完故事就知道了。

会飞的小花帽

新学期，各班班主任做了一次大调整，我被安排到 8 班尖子班。

来到 8 班的第二天，就来了个全班大摸底。结果，63 名同学考出来的成绩都还可以，但是，坐第五排那个戴眼镜的矮个男生，数学只考了 50 分。这个成绩，不用说进 8 班尖子班，就连普通班也进不了。

下了课，8 班的几个任课老师在一起聊起这个差生。语文老师说，要是我的语文课，他只考这点分，我早就请他"二山"了。我一时听不清"二山"什么意思，再仔细一想：两个山加一起不是"出"吗？就是走人的意思。到底是语文老师会说隐语。英语老师不用汉语说，她说英语："go out"说得比语文老师婉转些，但意思一样，同样说不会要这个差生。

我知道，这件事，任课老师们都在看我班主任的态度。琢磨再三，我决定先找这个学生谈一次话。

下午，我没课，我让班长将那个矮个子男生叫到我办公室。

我还没开口，他捧了捧小眼镜倒先说话了："老师，我的数学没考好。"

我刚要说话，他又开口了："老师，你说我能留在八班吗？"

这话本来应该我问他的，他倒先问起我来了。我马上反问他一句："你说呢？"

他不说。

我又问："150 分的数学试卷，你只考 50 分，能说说原因吗？"

他一听，转过脸，不对我看，似乎一点原因也没有。

我又问："这是你的实际成绩吗？"

"老师，难道你不相信吗？"

这孩子真不会说话，我问你话，你无论如何也不应该再反问我。

心里毛归毛，说话声还是没急："我不怎么相信，编班考，你的数学只考这点分的话，肯定进不来八班的。编班考，你考多少？"

"一般般。"他说着，又转过脸去。

我说："要是我给你时间，有信心吗？"

"试试。"

就试试？也太没上进心了！我马上说："这样吧，你下午把你家长叫来好吗？我们好好谈谈，共同巩固你在八班的基础。"

我说了好一会，见他还是不回我话，而且把脸一直转到窗口那边去。反咬着下嘴唇，两片镜片后边，渐渐地润出晶莹的泪珠。

哭了？一个男孩这么脆弱吗？眼泪是女人的武器，他也会来这一手？为了结束这种尴尬局面，我轻轻地说："你说说你的想法好吗？"

"没有。"

"那你刚才为什么伤心？"

他不说话。刚刚转过来的脸，又转朝墙："没有。"嘴里说没有，眼睛里又润出泪来。

我觉得他是一个古怪而又可爱的小男孩，既然他在我跟前这么不自然，早点解放他算了。说："那好吧，过三个星期我再找你好吗？"

他走了。

他走出办公室，我才想起来："——哎！你叫什么名字？"

"齐心。试卷上有。"

我回头看看试卷，哦，齐心。我准备20天后，再看看这个齐心到底有没有起色。

每天下午第三节课后，我把他叫到办公室，把当天作业本上的错题，列出来让他重做。一开始，他好像认为这是一种惩罚，并不好好配合，会做的题，也写得七歪八扭。一个星期下来，他似乎发现我真的想帮助他，便肯听我的话，写的字也正规些。星期天我也不让他闲着，我的宿舍楼就在教学楼后边不远，干脆把他叫到我家里来做题。我爱人看这孩子挺可爱，就主动留他吃饭。时间一长，他对我们慢慢没有了排斥感。我家没孩子，我爱人慢慢把他当成自己孩子一样，带他去买衣买鞋，有时还给他一点零花钱什么的。

三个星期后的一次月考。

这次数学试卷是我亲自出的，难度不亚于市里统考。

90分钟时间一到，齐心主动放下试卷，跟着同学一起走出教室。

我一边收试卷，一边看。看看齐心的试卷全做满了，对不对呀到底？抱着试卷赶快来到办公室，抽出齐心的试卷先改。没想到，红勾勾一直打到最后，连附加题也做对了，于是我连附加题给他打了170分！全班最高分！我非常激动，忙叫人把齐心找来。

他看我满面春风的样子，问："老师，找我有事吗？"

我放好他的试卷，"看看你这试卷！"

他莫名其妙地望着我的脸："怎么了老师？又错了么？"

"没！没！这都是你做的吗？"

他一听，脸就红了，轻轻地又用一个反问句："老师，不是你亲自监考的吗？"

我忙解释："不不不！我不是说你作弊，我是问，卷子完全是你自己做的吗？"

"老师，不还是怀疑我作弊吗？"

"不不不！我只是有点吃惊，我真喜欢你！"我好像有点语无伦次。伸出手："谢谢你齐心！"

他的手被我一下抓住了过来，有点不自然，小小的手，在我手心里只是扭动，想要逃去。不知为什么，我一时不想让他逃。

他的手被我抓了一会，慢慢地眼泪就出来了，轻轻地说："老师，

第四辑 社会生活类

谢谢您！"

听得出，他说的不你，而是您！

第二天，我发现办公室桌上有一信，信封上写着："刘青老师亲阅"。

什么信？还要我亲阅？我连忙打开信来看。

刘老师您好！

首先向老师检讨，我欺骗了您！第一次数学试卷上50分的成绩，是我故意而为，只想撒个谎玩玩。老师，您一定要问我，为什么这么做是吗？我全告诉您——我是一名从地震灾区投亲到新疆来的学生。

5·12那是个多么可怕日子呀！眼一眨的工夫，家里的房子全没了！爸爸妈妈全没了！我总不能相信，爸爸妈妈就这样永远离开我了！平时，我爸最疼我，他的形象日夜在我的眼前……

这次重新编班，我们八班来了三个男老师，都跟我爸爸年龄差不多，我暗暗想选择一个心中的爸爸，可我又不知道哪个老师爱我。这次，当我50分的试卷交上去时，三个老师三种不同反映，语文老师，不以为然；英语老师，明显疏远我。只有您没有放弃我，不厌其烦地给我补课，星期天，还把我带到家去，师母给我做饭、买衣服。

老师，不知是天缘还是人缘？您一到我们八班，我第一眼看到你，就像看到我爸似的，在我心底马上形成了爸爸的概念。哎！也许这是我想爸想的，您咋可能做我爸爸呢？我这个心愿也只能深深地掩埋在心底里了！

老师，无论您愿不愿意我喊你爸爸，您的人格，您的真诚，您的魅力，已经影响了我，您已经给了我生活的信心和勇气——谢谢您，

会飞的小花帽

爸爸！

请保守信的秘密！拉勾！

骗过你的学生：齐　心

我看完这封不寻常的信，眼睛湿湿的，马上叫同学把齐心叫来。

他进了办公室，一眼看到桌上那封打开的信，似乎已经知道我叫他做什么了。看看我沉沉的脸，有些不知所措起来，两手慌乱地摸着衣角，轻轻地说："老师，把信还我好吗？"

我心里猛一酸，抬起泪眼，望着他可爱的脸，轻轻地问道："你叫我老师吗？"

他一听，马上往前走一步："爸爸！"

"孩子！……"我紧紧地抱住他，揉着他那单薄的后背。

总统间

大酒店建成了，民工要撤了，这个民工小伙儿冒着被打死的危险就为了睡一次总统间，这是为什么？

金都大酒店今天开业剪彩。楼里楼外，喜气洋洋！嘉宾云集！

坐我旁边有个小伙儿，十六七岁，看他那样子，并不像嘉宾，衣服脏兮兮的，头发又长又乱，眼睛大大的。我小声叫他："小鬼……"

我刚要说话，一个红衣保安走过来，抓住那小伙儿使劲往外拖。

一会，剪彩仪式完了。

酒店总经理亲自给每位嘉宾发了一张优待票，请嘉宾们试住一晚总统间。我拿了票，小姐把我带到808室。

天！这就是总统间？！世界上还有这么大个睡觉的地方！……

我还没来得及睡，门铃响。

咋又来"总统"了？我转过身，看见门里边那个电脑荧幕上，很快就出现一个蓬着头发的年轻人，样子很像刚才被红衣保安拖出去的那个乱头发大眼睛的小伙儿。我等了一会，看电脑的反映。看看电脑报警系统，并没显示来人身上有什么凶器，柔和地亮着可以开门的绿钮，就去开门。

打开门，果真是刚才被拖出去的那个小伙儿。我认为，他一定又是自己弄错了，这是总统间，不能随便让人进。我冷冷地把他堵在门外："你有事吗？"

他说睡觉。

我很诧异："睡觉？这是总统睡的地方，也就是说，相当于奥巴马级别的才能睡呢，你怎么到这里来睡觉？你有票吗？"我指的是刚才酒店赠的试睡票。

他说："我没有票。"

我问："没有票，你怎么到总统间来睡觉？"

他说："我想当一回总统。"

他老站着不走，我怕把红衣保安招来，他会再次吃亏。说："那你进来说吧。"我把他放进来，"刚才坐嘉宾席的是你吗？"

他点点头。

我问："这会儿，保安怎么肯放你进来的？"

他说保安把他拖到宾馆外边，他又偷偷溜进来，躲在厕所里才逃到天黑。我问他为什么要这样。他说想睡一回总统间。

"你冒着被打的危险，就想睡一回总统间？"我不解地望着他。

他大概看我并不凶，也不会报告红衣保安，大胆地跟我说："叔，我看你是好人，你让我当一回总统吧！死了也值！"

会飞的小花帽

我不懂他的话，怎么睡一回总统间死了也值？我对他看看，这个乡下小民工，肯定是身上没钱在外边住，才这样的。我问他："你有身份证吗？"

"有。"他马上把身份证掏给我看。

看了他的身份证，还是有些不放心。又问："你身上有别的东西吗？"

他懂我意思，忙把身上的破兜都掏给我看。说："没别的东西，只有一个小收音机，给你，叔。"

他那样老实，我不忍心再撵他。好歹让他睡吧，明天早上，宾馆查房前，悄悄走人。我让他将脏衣脏鞋，统统脱到总统床下边，领他到总统卫生间洗。洗过，把他藏到主间左侧，司机间的床上睡。叫他只管关好门，有人来，别吭声。

第二天，天还没大亮，他就不声不响地起床。半明半暗的壁灯灯光下，我看见他一边穿衣服，一边走出司机间。但他没有直接开门出去，而是轻轻地朝我床前走。

我一惊，猛然坐起来："你要干什么？你别，别……"

他不听我的，继续朝我床前走。

我吓得直往总统床下滑，喊："你站住！别往前走！总统床上可是有电棒的！"

"别害怕叔。"他走到床前，双腿往地上一跪，说，"叔，谢谢你！你帮我圆了梦。再见！"

我吓得懵懵的："你说什么？"

他掉转头，说："我是建这个大酒店的民工。酒店剪过彩，明天我们就要回河南老家了！我们自己流血流汗建了两年的大楼，舍不得哩！就想亲眼看一看总统间到底啥样。"

天亮后，我没有急着回家，西区派出所正处个案子，我想去了解一下，写篇案例报道。现在这样的案例报道，比写小说来钱。

进了西区派出所，一眼看见个乱头发的小伙在院子里干活。他看见我，马上认出来了："叔！"

我吃惊地望着他："你怎么在这儿？你不是说今天要回河南老家吗？"

他对四边看看，悄悄把我拉到一边，小声说："早上出大门，没混过去，被保安送到这儿来了。叔，求求你，进去帮我说说，放我出去！中午12点的火车，我们五十几个人一起回家。车票都在工头手里。要不然，我一个人就回不了家了！"说着，唏唏地哭起来。

我先问他，早上被打了没有，他不吭声。又问他伤着了没有，他仍不吭声。不用说，肯定是被打了！

怪可怜的这孩子，才跟我上中学的儿子差不多大，就同意给他帮忙。其实，这个忙也没什么难帮的，西区派出所张所长是我的学生。就对他说："你别哭，我进去试试。你一定得在这儿呆着，别乱跑，逃跑就麻烦了，知道吗？"

我进去找到张所长。

张所长见了我，很客气，问我怎么有空到派出所来了，有什么事要帮忙。我说，有一点小事。直接告诉他，早上金都酒店保安送来的那个小民工，是我乡下的一个远门堂侄。昨晚酒店剪彩，经理留我们试睡总统间，小家伙工棚拆了，没处睡，我就让他跟我一起睡了。保安不知道，今天早上，他一个人出大门时，被保安送你这儿来了。

张所长二话没说，叫我带人。

他很感激，走到街上，要分手的时候，抓着我的手不放。嘴里不停地说："叔，你是好人！"

会飞的小花帽

我给他一张名片，说："我叫刘殿学，当老师也写小说的，有什么事给我打电话。"

他接过名片，双膝往地上一跪："叔，你真是好人！"

我赶快扶起他："孩子，你想改变自己的命运，只有读书！你读书了吗？"

"读了。"

"读到哪？"

"初三。"

"咋不读了呢？"

"家里没钱。"

我很果断地说："这样吧，你把地址给我，我负责你的学费好了！但是，有一个条件：每个学期，你要把成绩单寄给我，成绩及格，我就给你寄钱，你能答应我吗？"

他又往地上一跪，哭着说："叔！我一定能！"

歌　殇

歌手影星，在台上的辉煌，令人羡慕，过气以后的处境竟不如常人。这时候，谁还能记起他/她们？

早晨，我在房里练琴。看见窗口走过一个很漂亮的女人。这人似乎在哪见过？对了！那年中秋节文艺晚会上，唱《北京大碗茶》的那人！一个大歌唱家，咋到我们这个小城来了？

第四辑　社会生活类

下午，学校没课，我一个人在家做题。忽听有人敲门。我问："谁呀？"

敲门人轻声地说："我是前面楼上的。刚搬来。想跟你们家借个扫把，行吗？"

打开门。正是早晨看到的那个大歌唱家。她被我看得有些不自在，就说："我叫洪贞贞。刚搬到前面楼上。"

洪姨收拾好房子，接着，就从火车站那儿往前面楼门口拉家具。那架钢琴好重，压得七八个民工小伙儿站不起来。我从楼窗向外看，心里好着急，觉得大伙儿应该去帮着抬一抬才对。可两栋楼上的人，都那么无动于衷。我敢说，绝对不是我们一家认识洪姨，许多人都从电视上认识她，都爱听她的歌，为她鼓掌过，为她倾倒过。这会儿，咋都跟路人似的？

第二天早晨，忽听一阵悦耳的钢琴声，从窗户飞进来。意大利民歌《拉姆斯》。是洪姨弹的吗？棒极了！我连忙起床："妈，我出去听会儿琴好吗？"

妈妈很明确地反对我出去听琴。说："出去听啥琴？弹你自己的行了。"

"哎呀！你听对面楼上那大歌唱家弹得真是棒极了哎！"

"什么大歌唱家小歌唱家？这种人，红一阵过去就过去了。旧社会，这种人就跟妓女差不多。"

妈妈说这话让我感到很吃惊，她以前看到洪姨在电视里唱歌，是那样赞美她呀！

一会，妈妈喊爸爸出去晨练。我就偷偷地溜到前面楼上，我很想看看洪姨的那架钢琴。

这时，洪姨正弹到《拉姆斯》的高潮。她的情绪完全投入了！整个人都置于浓烈的音乐氛围之中。只见她微闭着双眼，屏着呼

会飞的小花帽

吸，让那十个纤细的手指，在琴上跳跃着，倾诉着。一会儿，轻音如丝，如泣如诉。一会儿，匈涛巨浪，排山倒海。一会儿，幽谷飘香，细雨蒙蒙。一会儿，阳光灿烂，春莺百啭……天！钢琴在她手下，竟变成如此轻盈，如此磅礴，竟能创造出音的涵谷和高山来！

"嗳姆啪罗喔……"在那美妙的音乐旋律中，我竟情不自禁地突然冒出一句，我自己吓了一跳。

洪姨也吓了一跳。马上转过身："哟！是你呀？进来进来！我的小客人。我真没想到，你会这么早到我这儿来。太好了！我觉得好寂寞，好想有个人说说话，欢迎你经常到我这儿来，好吗？你叫什么名字？"

"我叫梅小萤。我练琴都一年多了，总是练不好。阿姨，你弹得真好，可以教教我吗？"

"好的，只要你愿意，什么时候教你都可以。"她十分热情，马上在琴上给我讲指法、坐势、听力以及情绪什么的。她一边讲，一边做起动作，比我妈请的那个钢琴老太太可爱多了。

我和洪姨正说着话，忽听妈在楼下喊我。

我从窗口探头对下边看看，几个阿姨正跟我妈窃窃私语，她们叫我妈不要让我跟这种人在一起。不让我跟"这种人"在一起，爸爸妈妈以及整个楼里的人，意见几乎是一致的。每天除了上学，我被看得紧紧的，坚决不准我到洪姨家去。

一连两个多月没见到洪姨了。今晚，社区搞联欢。爸妈去参加舞会。我看前面洪姨家的灯还亮着。我就去看洪姨。

我轻轻地敲门。洪姨好像知道是我，大声问："萤萤吗？进来，门没关。"

洪姨躺在房里床上。灯光下，她的脸似乎有些发白，没有先前那样动人。

"阿姨,你吃饭了吗?"我慢慢走到她床前。

她轻轻地说:"好几天不想吃了。就想你来说说话。昨天,医生给我做了检查。"说着,转身从床里边拿出病历卡给我看。"大夫说我并没什么大毛病,只是要注意休息。可这些日子,我总觉得浑身疼得很。我在想,大夫为什么不告诉我病因呢?其实,大夫不告诉我,我也知道自己不是好病。这也没什么,死,对一个已经活得很累的人来说,倒是一种解脱,真的。"

我接过她的病历卡,看到诊断栏里有ＡＣ两个字母。记得老师在卫生知识课上讲过,"ＡＣ"是癌症的代号。顿时,我的心里好难过。

洪姨很累的样子,对我看看,笑笑说:"不要难过孩子。我这一辈子,受过苦,也风光过。我现在最想的,就是想有个安静的家。想领养个女儿。"洪姨顿了顿,又说,"萤萤,你能给阿姨搂一搂吗?只搂一次,我会很高兴的。"

我有些不大好意思。

洪姨抓过我的手:"好孩子!阿姨太喜欢你了!也许我们是前世有缘吧!"洪姨在我耳旁轻轻地说,"能叫我一声妈妈吗?"说着,一把将我紧紧地搂在怀里。热热的泪水,就从我肩上往下润。

"妈妈!"我一喊出声,眼泪也止不住地流下来。

她对我看了看,又一次紧紧地搂着我:"谢谢你孩子!我现在觉得非常满足!"停了一会,洪姨松开我,去拿过床里边的小坤包。慢慢地对我说:"萤萤,有件事,我想一定得对你说一下。"她从包里拿出个小本本和几张纸。"我自从知道自己得了这病,打算把这些都汇给香港的侄子。后来,我认识了你,就改变了主意,我想让你做我的遗产继承人。真的,我已经到法院做过手续。"

什么是遗产继承人？我一点儿也不懂。

洪姨看我愣着，又说："这事你一定得答应我，孩子。你一定不要叫我失望和痛苦。也不要告诉别人。"她拉拉我的手，说，"听我的话，孩子，这里有好多钱，它已经法定属于你了，你拿去读书。一定要考上名牌大学，读研究生、出国攻读博士。将来当作家、当律师、当工程师。记住我的话，你将来干什么都行，就是不要唱歌，不要当歌唱家。"

洪姨说累了，头上直出汗，嘴唇发抖，像要昏过去的样子。我吓得哭出声来，连忙拿过她的手机，给她叫医生。

乡下人

乡下人、城里人，应该都是普通人，不知从什么时候开始，进了城的乡下人，却看不起刚来城里的乡下人。

下班回来，看到楼前树底下，蹲着个小伙，双手抱膝，眼睛滴溜溜地看着人。近来，常听说楼里有人家门被撬，我就多留了点神，对他看了看。

我对他一看，他马上站起来，跟我说话："叔叔，包门吗？"

包门？他是包门的？门倒是想包一包的，冬天，门缝老是往屋里钻风。我问他："多少钱？"

那小伙一听，又往前走走，说："便宜叔叔，给别人包100元，给叔叔你包80元。"

"为什么？为什么给我便宜20元？"

因为，因为我看叔叔您人好。

就冲这句话，不好意思不包。

那小伙见我同意了，就拿了工具，进来卸门。他把门卸到树荫下，叮叮咚咚地敲，我就开火做饭。心想，带小伙子一起做吧，人家说叔叔人好，留人家吃碗饭，出门人，谁也不能把锅背在肩上。

我的饭没做好，那小伙子，门已经包好了。亮亮的白铁皮，金黄色的圆头钉，门四边还钉出许多花纹来，中间还钉了个中国结，又逢北京申奥成功，我看了心情特好。我一边高兴地往桌上端饭端菜，一边说："小伙子，洗手，在我们家吃饭。"

"不不不，我有馍。"他说完，上好门，就要走。

"哎，出门人，不要客气，顺便。"

"叔叔，你真是好人。现在，许多城里人家，不用说留乡下人吃饭，有的人家，都不喜欢我们进门。"

"哎，说哪儿去了，城里人是人，乡下人也是人嘛。其实，城里人也是乡下人来的，因为我们的祖先都是农民嘛。"

"叔叔你真是好人。"小伙子听了我的话，眼有些发湿。

吃饭时，他连头也不敢抬一下，也不敢夹菜，我给他夹一点，他就吃一点，脸上充满了自卑和胆怯。多好的一个小伙子，要是命运将他出生在城里，他同样就是一名优秀的城市青年，或许也是一名出色的大学生。

这时，门一推，我那上高二的女儿回来了。一进门，眼就对那个陌生的乡下小伙看。

我告诉她，这是替我们家包门的小师傅，留他吃碗饭。

我女儿没答我的话，对那扇新包的门一瞥，把书包重重地往沙发上一扔，就到自己房间里去。我叫她吃饭。她说不饿。

会飞的小花帽

我知道她不是不饿，是讨厌人家弄脏了地毯，弄脏了碗筷，甚至整个房子。

小伙子很自觉，马上把饭吃完，就把自己用过的碗筷收好。

我就给他工钱。小伙说："叔叔，我只收７０，这１０块，算饭钱和碗筷钱。这只花碗，就卖给我吧，我也正要到街上去买哩。"

我一听，拿起他放到桌上的钱，往他兜里塞。

他不要。说："叔叔，你收了钱，我是买你饭吃，你不收钱，我就是讨你家饭吃，乡下人，还不至于这样。"

我女儿见我和人家说话，在房里大声喊："哎呀，爸，快关门，你闻闻，家里都是什么味道。"

古老的麻雀

儿子大学毕业，进城做事，工作忙，没空回乡下看望父亲，乡下父亲想儿子，就来城里。儿子没空陪父亲，只能一同吃顿饭。吃饭时候，父亲给儿子讲了一个关于麻雀的故事，不妨一起听听。

儿子上学忙，工作了还是忙。

儿子没时间回来看父亲，父亲去城里看儿子。

哎！城里找人，比乡里找人可难多了！肚子找得饿扁了，才找到儿子的公司。

儿子已经不是原来的名字了，人家都叫儿子老总。老总只跟别人说话，没空跟父亲说话。

"狗儿。"父亲在一旁等急了，小声喊。

别人不知道乡下老头叫谁，儿子知道。忙掉转脸来，说："爸，这里一会就忙完，等忙完了，我陪你到外边走走好吗？"

父亲不想走，是饿了。

儿子把父亲带到一家大酒店。

父亲不要渴酒，就想吃碗米饭。可儿子却大碗小碟地给父亲叫了一桌菜，两手换着往父亲碗里夹，叫父亲吃。

父亲一碗米饭就打住了，在一边打嗝，望着儿子一个人喝酒。

这时，一只小鸟在窗外的树枝上啁啾。

父亲问儿子："狗，那是什么？"

儿子对窗外一看，说："那是一只麻雀。"

"是什么？"父亲耳朵有点背。

"一只麻雀。"儿子回答的声音比第一次大了些。他以为父亲听到了。

可父亲一会又问："你说什么？"

"那是一只麻雀！"儿子将"麻雀"两字吐得很重。

"你说那是什么？"

"我说那是一只麻雀！麻——雀——！听清了吗？哎呀！"儿子已经好不耐烦，放下手里的酒杯。叫小姐打包。

父亲听了儿子的话，没有再问。其实，他早听清了儿子的回答，父亲不说话，站起来，从怀里掏出老花镜，又慢慢掏出个发黄的小本本。

儿子好奇地看着父亲，不知父亲在看什么旧帐。

小本本上不是帐，记着父亲几十年的点点滴滴，他爱记，怕忘了。父亲翻到35年前的那一页，然后慢慢地念出声来：

"今天，是我儿子五岁生日。五岁就会说好多话了！我带他到到院子里玩。我抱着他坐在一棵槐树下。槐花一串串白。一只小鸟

会飞的小花帽

飞过来，落在花枝上叽叽地叫。儿子马上问我：'爸爸，那是什么？'我说是一只麻雀。过一会儿，儿子又问，'爸爸，那是什么？'我又告诉他，那是一只麻雀。

"儿子好像是第一次见到麻雀，两只眼睛不停地对树枝上看，越看越高兴，拍着小手又问：'爸爸，那是什么？'我又告诉他，那是一只麻雀。也许那只麻雀叫得太可爱了，儿子一直看个不停，一直问个不停。一共问了25遍。为了满足他的好奇心，我就给他回答了25遍。"

父亲念完这页日记，儿子怔怔地坐在那里，望着窗外那只麻雀，慢慢地眼睛就湿了，走过来，一把搂住父亲："爸爸，原谅我！"

民警的妻子

民警警务在身，不能陪妻子去医院做B超。妻子理解，就一个人去，一路上得到许多好人的帮助，留下一段温馨的警民关系。

按规定，她今天要到医院去做B超。就对他说："哎呀，你今天请半天假，陪我到医院做B超，好吗？"

"亲爱的，不行。三环路145号昨天出了案子。把人捅伤了，在我的管区内，离了我，大伙儿不熟悉情况，我必须马上赶到所里去。"

她一听，没劲。坐在椅子上，说："你看我的肚子这么大，我一个人咋乘车嘛，路上还要转两次车哩。"

"这样吧，你叫出租好了。"

第四辑 社会生活类

"叫出租叫出租,叫一次出租,来回要上百块钱的!你光办案也没多拿一分钱回家。"

他无话可说,给她披上外衣,说:"亲爱的,这次你还是一个人去吧,下次我一定陪你去好吗?放心,你人好,肯定会有好心人帮助你的。"

她对他看看:"算了算了!别贫了!谁让我是警察的老婆呢!哎,这一辈子就这命了!你走吧警察叔叔。"

他激动得在她脸上亲了一下,一转身,"咚咚咚"下楼去了。

她一个人在后边扶着楼梯,一步一步往下挪。

走到楼前的2路车站,就上了车。

刚上车,靠她旁边的那个小伙子,马上站起来,给她让座。

有人这么快给她让座,她觉得有些不好意思,对那小伙子笑笑,说了声谢谢,就坐下。

刚坐下,她后边的一位大嫂说:"哟!你看人家丈夫多疼媳妇!下辈子也找民警做老公。"

她转过脸来,对那大嫂看看,一时也不知那大嫂在夸谁。于是想,这车上,一定还有另一位民警的妻子吧。

这时,她旁边的一位老太太也接着说:"而今,知道这样疼媳妇的男人不多,姑娘,你真是前世修的福!"

听了老太说,她这才懂过来,后边的人,都在夸她的丈夫。奇怪,她们咋知道我丈夫当民警?

她下了车,从行人道走过去,走到对面路口,转21路车,到工人医院。

她挺着大肚子刚走到路边,在路口执勤的小民警,对她后背看看,连忙走上来,扶她走过道口,并一再提醒道嫂子走好。

她又纳闷起来,谁是你嫂子?!

199

到了 51 路车站台，等了好一会儿，车也不来。

她觉得身子堕得难受，把大肚子靠在旁边的柱子上，歇。

一个背被卷的乡下大爷过来，说："姑娘，这车，怕要等一会哩，你先在我这包上坐会儿吧。看看，双身人，腿都肿了，站着不易呀！坐。"

她一听，很感动，说："谢谢大爷！不喽。"

"不客气，莫说你是民警的妻子，不管什么人，双身人出门，都应该受到照顾的。"

她一听，就对那老大爷看，他也知道我是民警的妻子？！问："大爷，你认识我丈夫？"

"不认识。从你身后的条子看，就知道你丈夫是一位好民警！"

她一惊："我身后的条子？！"

老大爷帮她揭下身后的纸条，纸条上有字：请给我妻子让个座，我没法陪她去医院。敬礼！一位普通民警。

永恒的爱

泥石流将整个村庄掩埋了！ 救援人员发现坡下一位母亲，泥石埋到她的脖子，她手里仍托着儿子，一直那样无声地托着。有人赶快上去接下她手里的孩子，再来救她时，发现她已经死了多时。

今年第 8 号台风带来了强降雨。从傍晚开始，风大雨大！一直下到后半夜，还不停。那雨不叫下，简直是从天上斜过来往下倒！

第四辑　社会生活类

我估计，一些脆弱的小山村，说不定会出事。

果不其然，天没亮，市委宣传部来电话，说马勺子村发生泥石流，情况相当严重，市里都报到中央里去了，叫我们电视台立即派记者前往灾区。

后半夜，新闻部就我一个值班记者，既然遇上事了，也不好再报告领导另派别人去。我连忙给接班记者打电话，叫他提前到班，说我下乡去了。

赶到马勺子村，原来那些熟悉的房子，那些熟悉道路，简直一点认不出来了。山脚下那一排排房子不见了，到处是深深浅浅的烂泥和石块，到处是横七竖八的树木庄稼和牲畜的尸体，一遍狼藉，惨不忍睹！我从来也没有经历过这种抢险现场，吓得腿有点打软。

往那边看看，解放军武警战士和其他救援人员已经赶到了现场。大家手忙脚乱，不知从哪下手。市领导立即成立了临时指挥部，把救援人员分成几个小组，分头先去抢救活着的人。

那些没有被埋得很深的村民，一个个泥猴子似的，从泥石浆里爬出来，呼天抢地，叫我们去救人。

我正要往前边跑，只听有人喊："这儿！这儿！这儿有个房子顶，下边肯定有人！"

我忙放下摄像机，抓起一把铁锹，就去挥泥石。泥石流是夜间发生的，一般村民都在熟睡中，有屋就有人，我们拼命地往下挖。

不一会儿，听到有小孩的哭喊声，大伙连忙奋力掀开那间小屋的屋顶。看到屋角被一棵粗大树干隔开，留有一点点空间，一个光着身子的小男孩，大约才两三岁，满身满脸都是泥，有气无力地哭着喊妈。我赶快放下锹，跟跟跄跄跑上去抱那小男孩。可是抱了几下，

会飞的小花帽

抱不出来。大伙儿又把小孩周围的泥石搞掉一些,我又着急去拽小男孩。小男孩身子拔出来了,脚却被什么东西死死地挂住。

一个战士大声喊:"慢一点!不能拽!再挖掉一些泥石!不要急!那样硬拽会出问题的!"

我停住手,紧紧地抱着那个泥猴儿一样的小男孩,他那光光的小肚儿靠着我的身子,一吸一吸地喘气,多么可怜的孩子,他爸爸妈妈在哪?

大伙又挖了好一会儿,才看清——挂着小男孩脚的不是树木,也不是铁丝,而是一只手!一只大手!

那个小战士一看,又大声喊:"哎!哎!不要急!不要急!下边还有人哪——!"

下边还有人?!我又一次死死地搂着小男孩,不敢撒手,也不敢再拽。一撒手,怕他再一次陷入烂泥中。再往上拽,又怕伤着他。我就那样半空里悬着身子,搂着他,让大家去刨下边的人。

刨了好一会,才刨出一个人头来。那人头已经被泥水糊得看不清眼睛鼻子,长长的头发直往下滴泥水,大家认出来是个女的——小男孩的母亲!那母亲裸着泥水模糊的上半身。一只手死死地抓着小男孩的脚,往上托。看得出,那一刻她在使尽全力,将她的儿子往上推!推向希望!推向天堂!那母亲已经僵硬!已经被凶猛的泥石流挤压彻底僵硬!她就那样站立着,手伸向天空!伸向呼救!那造型看上去很美,好比黄金铸成的一名世界举重冠军!

入土为安,我们含着泪,用力掰开她的手,脱下那小男孩的一只腿,准备将这位伟大的母亲放平,送她到那边去集中。可是,放了好一会,就是放不倒她,我们将她身周围乱泥石都挖空了,也放不倒她。人都已经死了,咋就这么奇怪呢?不让人放倒?我们也知道她是不肯离开她的孩子,可是谁又忍心让你走呀!你就体谅我们吧！还有更多活着的生命须要我们及时去抢救呀！小战士们又一次去拉她。

拉了几下，只听有人大声喊："不要急！下边还有人哪——！"

听见喊，大家放开手，又抓起工具奋力去刨下边的人。刨着刨着，看到那母亲的脚，被下边一只更大的手牢牢地抓着。

我清楚了，这只大手一定是小男孩父亲的手，大伙对他满怀着生还的希望，想迅速掰开那只有力的大手，从他手中脱出女人的一只腿，将女人交给运送尸体的小战士，把他救出来。可是，任你怎么掰，那铁钳一般的大手，就是掰不开来。大家没法，抹抹汗，只好顺着他的身体往下刨。刨出头来，我们才看清，小男孩父亲的头脸被泥水湿透的蚊帐裹着。当我们弄掉蚊帐，去摸摸他的脸，他早已停止了呼吸！

这时，被救出来的那个小男孩看到了，大声哭喊："爸爸！爸爸！……"

大家再往下刨了一会，小男孩的爸爸就全露出来了，他张着嘴。但是，嘴已经被泥堵满！他瞪着眼。但是，眼睛已经被泥浆糊死！他知道，生命的延续，就在手上！只要把妻子托上去，妻子再把儿子托上去，就有了生的希望！就有了生命的延续！年轻的父亲虽然已经僵硬，但伟大的父爱没倒，生命的精神没倒！

大家满脸汗，满脸泪，手上刨出血，终于把一家三口全刨了出来。

我请求大家，不要急着放倒这对伟大的父亲母亲。我拿来摄像机，给他们摄下最后一张照片——生命永恒！

203

一种惆怅

机关里写得一手好字的老徐,成了市长书记的抄写员,凡是市领导的讲话稿,秘书写好了,都要送给老徐再抄一遍,否则,看不惯。后来,机关里引进了电脑,老徐写的字,电脑都能写。于是,老徐非常失落——今后拿什么得到领导好感呢?

我们科里的头儿,都爱欣赏自己,刘科长喜欢欣赏自己拍的照片,徐副科长喜欢欣赏自己写的字,刘科长的照片不咋的,徐副科长的字,确实叫字!

无论是钢笔字,还是毛笔字,在整个县机关里,老徐的字,天字一号!他喜欢周克舒的贴,学了两年,周克舒的帖都不成帖了。街上许多单位的牌子,都请他写,字写出来,有钱的单位,就用电子发光器做成灯光字,装到楼顶上,一个字,就能红了半条街。晚上,徐副科长有事没事,总喜欢到街上走走,让字的红光,照自己的脸。

领导的报告,办公室主任们写好了草稿,都是送到秘书科来,请老徐抄。他抄的字,领导们也喜欢看。有时候,报告不经过他的手抄,到了头头们手里,往往也是批回来:请老徐重抄一遍。

他总是抄得极认真,领导看得起你字,就是看得起你人。抄这种字,跟练书法一样,一字不苟,一笔不苟。字要写得好,也就写不快。实际上,以前说的"多快好省"的事,是很难做到的。往往一篇三五千字的东西,都得抄一个白天,还要得带一个通宵。有时候,领导快开会了,讲稿还没到手。碰到这种情况,领导很着急,办公室主任很着急，老徐也很着急。

这么一急，就急出别的办法来了。秋天，办公室给秘书科要了两个本科生来，一男一女。男大学生学的文秘专业，女大学生学的电脑专业。把他们要到秘书科来，主要是为了实现办公自动化，改变党政机关原始办公模式，逐步跟高科技接轨。

办公室就给科里配了电脑、打字机。主任们的稿子写出来，就交给女大学生在电脑上打出来。女大学生的手很白很细，像几支白玉箸似的，眼看着稿子，手，不停地在键盘上敲。敲敲敲敲，一篇稿子很快就敲出来了。敲出来的稿子，送到领导那儿，领导再打回来请老徐抄。

日子一长，老徐就莫名地生出一种危机感，在机关里干了二十几年，就因为字写得好，才得到领导赏识。如今，这手好字被电脑代替了，确切地说，被那个敲电脑的丫头片子代替了，今后靠什么得到领导的好感？于是，老徐就放出风来，攻击电脑，攻击那个丫头片子，说电脑打的字，是死字，老宋体，难看死了。人写的字，带有一种灵性，是一种艺术品，具有艺术生命力。

那个女大学生听到了不服气，说，电脑也具有与人一样的生命力，它什么都会干的，小东西极聪明！还会下棋，国际象棋大师还下输了呢。

老徐不信，说女大学生吹，电脑会下棋，电脑会写行书吗？写出来我看看。

女大学生说，何止会写行书，我的电脑会写十多种字体的，我让它写什么，它就写什么，你说行书吗叔？好，小姑娘说着，手在键盘上三下两下一敲，一份漂漂亮亮的行书文稿，很快就从一边的打字机里吐出来，比老徐手抄的好看多了。

老徐看得傻了眼，日鬼哩，咋弄的？

报　酬

　　这是一个好人好报的故事，你帮别人，也会得到别人的帮助，好人帮好人，恩恩相报。

　　教授吃过午饭，正想躺一会，有人敲门。打开门。一个年轻的乞丐。
　　教授问："你是要饭的？多大了？"
　　"十八。"
　　"哪里人？"
　　"甘肃。"
　　"来城里要饭吗？"
　　"不，找工做。没找到，也没钱回家！"年轻的乞丐要哭。
　　教授说："好吧，你进来。"
　　年轻的乞丐不敢往门里跨。乞求求道："叔叔，给我几毛钱吧！"
　　教授老伴不同意让他进来，对教授说："好了，给他几毛钱得了。"
　　教授说："不，我们应该给他尊严和人格。"又对年轻的乞丐说，"不要怕，我们不会怎么你，你进来到卫生间洗洗，我儿子有穿过的衣服，他上大学了，你把它穿上再到街上理个发。你就有了做人的尊严，你就可以在人前站立起来。你叫什么名字？"
　　"徐海东。"
　　五年后，教授退休在家。
　　那个叫徐海东的年轻的乞丐，已经是一家大酒店的老板，酒店开业那天，徐海东亲自开车来接教授去当嘉宾并且给教授开了一张十万元的酬金支票。

教授把支票还给徐海东，说："报载，苏格兰有一个很穷的农夫叫费莱明。一天，费莱明正在地里干活，忽然，听到附近的粪池里有人喊救命！他放下农具，跑到那里一看，一个小孩掉到粪池里去了。费莱明不顾一切跳下去，把小孩救上来。第二天，一辆崭新的马车，停在了农夫费莱明家门口，一位绅士从车上走下来，握着农夫的手，说：'朋友，您好！我是被救小孩的父亲，你救了我的孩子，谢谢您！'说着，搬出一箱银圆来。

"农夫费莱明说：'谢谢！我不能因为救了你的小孩，而接受你的报酬。'

"这时，农夫费莱明家的小儿子听到有人说话，从屋子里跑出来看。

"绅士问农夫：'这是你的孩子吗？如果你同意，我想把你的小孩带到城里，让他接受良好的教育。假如这个孩子今后也能像他父亲一样，他一定会成为一个令你骄傲的人。'

不久，农夫的小孩从圣玛得亚医学院毕业，后来成为费莱明·亚力山大爵士，也就是盘尼西林（青霉素）的发明者。一九四四年获得诺贝尔奖。

会拉压脖子琴的老师

一个偏远落后的小山村，要留住一位老师很难，看看这群孩子是怎样留下他们的老师的。

马勺子村，小，东头扔个帽子西头能接着。全村赶鸡儿赶狗儿，

会飞的小花帽

才二十来个学生。今年秋天,老村长舍不得我们风里雪里走远路去上乡校,跑乡跑县,给马勺子村设个初小。初小设了,上边不给老师,说没编制。

新学期开学了,没老师给我们上课。老村长急得没法,到六连知青点去,找了个上海女知青来当老师。

那个上海女知青穿着红裙子走到我们前面,脸也红红的。说:"同学们,我姓欧阳。大家就叫我欧阳老师好了。"说着,一笔一笔,在土墙上的小黑板上写下"欧阳"两字。

我们没听说过中国有这姓。杜富吐尔小声笑着说:"牛羊老师,她是牛羊的老师?嘀嘀嘀嘀……"

杜富吐尔笑声大了,老村长听到了,马上圆起眼凶杜富吐尔:"你给我站起来!"老村长吼着。

杜富吐尔站那儿,腿直发抖。他是上汉族学校的维吾尔族学生。入秋后,家里大人转场去了南山,杜富吐尔暂住在老村长家。

看老村长凶凶的样子,欧阳老师笑笑说:"大伯,没事的,他顺嘴说句玩话,还没上课哩,你就让他坐下吧。"转过身,对杜富吐尔说,"坐下吧,你。"她用纸揩掉"欧阳"两字,又重新写:"我不姓牛羊,我姓欧阳,名字叫雅倩。请大家记住,不要把老师名字叫错了好吗?"说完,看看大家都张着脸看,又一笑,说,"好了,今天我们第一次见面,也不慌着上课。我教大伙唱歌好吗?"

"好!"我们一齐大声应着。

欧阳老师打开一边的黑盒子,拿出一把黑红黑红的琴。用花手帕擦了擦琴身,把琴屁股放到脖子下,用尖尖的小下巴压着。然后,拿起一竿长弓,在琴弦上轻轻一锯,"嗡——!"就像老黄牛叫了一声

第四辑 社会生活类

我们鼻孔里水不响一下,瞪起眼,呆呆地看。

接着,欧阳老师又拉出高音、中音、低音,又从低音拉到中音、高音、尖音……接着就拉《我爱北京天安门》、《让我们荡起双桨》,那声音,简直好听极了!

老村长也听得入了神。一支老莫合烟,一直那样夹着冒烟。

欧阳老师不但压脖子琴拉得好,讲课的声音,就像科可克拉大草原上百灵鸟叫一样好听。都讲些我们在乡校从来没听说过的事。比如,她说地球是圆的,自西向东日夜不停地在运转,一天转八万多里哩。

哇!一天转八万多里哎!转得这么快,我们咋就一点没感觉出来呢?

欧阳老师说,那是由于地心巨大引力与地球的同步作用,我们感觉不出来有速度。她说,太阳会发光,地球和月亮都不会发光,地球总是一半是白天,一半是黑夜。我们这半边是白天,地球的那半边就是黑夜。现在,美国那半边是黑夜,正在我们脚底下睡大觉哩。

欧阳老师知道的事真多,她说我们新疆是个好地方,地下到处都是石油、煤炭、黄金和宝石。

"什么是石油?"杜富吐尔大胆地问了一声。

"石油?石油就是动植物变成的液体,经过千万年亿万年的沉淀,钻到石头缝里的油呗。"

"那油能吃吗欧阳老师?"杜富吐尔又问。

"那油不是给人吃的,是给飞机和汽车吃的。"

"欧阳老师,上海有汽车吗?"有后边的同学问。

"有,大汽车小汽车,都有。"

"汽车在哪儿开?也在草原上开吗?"

会飞的小花帽

"不是，我们上海没有草原，上海都是高楼！汽车就在楼中间的马路上开。"

有人想起来了，问："你见过毛主席吗欧阳老师？"

"见过。"

"哎呀！欧阳老师都见过毛主席哎！"

欧阳老师想想，说："六九年春天，毛主席在天安门上接见我们。"

"天安门？天安门前还有五星红旗对吧欧阳老师？我们在课本上看到的。"

"对。"

马上就有人快乐地小声哼哼：我爱北京天安门……我们简直快乐极了！

一个同学忽然小声问："欧阳老师，你结婚了吗？"

这一问，欧阳老师不笑了。说："下课。"

秋天到了。

新疆冷得早，我们都穿得暖和和地去上学，杜富吐尔脚上，还是老村长给他的那双没后跟的破解放鞋。欧阳老师问杜富吐尔妈妈为什么不给他做鞋，杜富吐尔说妈妈死了。星期天，欧阳老师回到六连知青点，拿来一双新解放鞋，让杜富吐尔试，一试正合适，杜富吐尔喜欢得直跳！

中秋节这一天，家长们都挑家里最好吃的，让娃子带给欧阳老师。欧阳老师的讲台上，放得满满的月饼、苹果、西瓜、库尔勒香梨、鸡蛋、馕什么的。

杜富吐尔没有家，天不亮，他一个人爬上南山，摘了一大把熟透了的野柿子，放到欧阳老师讲台上。

吃过早饭，欧阳老师来上课。对讲台一看，马上就将眼泪含在眼里,说:"谢谢!谢谢同学们!谢谢你们的家长!"欧阳老师看看那把野柿子,心里明白是谁的,眼泪"叭!"就掉了下来。

下午,同学们来到学校,看欧阳老师讲台上的礼物还那样满满地放着。再看看,杜富吐尔那把野柿子下边还压了张小纸条:

同学们:

我不能当面对你们说——我要走了!我要离开你们了!昨天,我的男朋友最后一次来信,一定要我回上海,否则……

再见了!同学们!

爱你们的老师:欧阳雅倩

"啊!欧阳老师走了!"杜富吐尔大喊一声,第一个冲出教室。

紧接着,我们也跟着冲了出去。

冲了好一气,才看见对面小山坡上,欧阳老师红裙子一飘一飘地站在小树底下,朝学校看。旁边还有一架马车,老村长也站在那儿。

"欧阳老师——!"杜富吐尔第一个冲到欧阳老师跟前,喘着气,就哭了,"欧阳老师,我不让你走!"

大家一齐说:"欧阳老师,我们不让你走!"

老村长擦了一下眼泪,说:"娃子们,欧阳老师家里来了信,要她回去。那是欧阳老师的终身大事!乡里同意她回上海。昨日已经给她办好了手续,叫我送欧阳老师去乌鲁木齐搭火车。娃子们,回头我再给你们找老师!啊?"

"我就要欧阳老师!欧阳老师,你别走呀!"杜富吐尔说着,就跪了下来。

"我们就要欧阳老师！欧阳老师，你别走呀！"几十个同学一齐跪在山坡上。

欧阳老师也哭了，放下手里的压脖子琴，扶起杜富吐尔。然后对我们说："大家起来，我们回学校去！"

练钢琴的小女孩

小女孩练琴很用功，爸妈想请音乐学院的吉教授给指点指点，去了几次，吉教授也不答应。最后怎么答应的呢？请看完这个故事。

吃过饭，艾丽娅自觉地坐到琴房里练曲子。

天快黑下来了。

有人敲门。爸爸去开门。门外是一个乞丐模样的老爷爷。爸爸说："你走吧。孩子正在练琴，别打搅她。"

艾丽娅听到有人说话，就跑出来，看看门外，对爸爸说："爸爸，还是问问他有什么要帮助的。我看他好可怜的。"上来对那老爷爷说："你肚子饿吗？我有一些零花钱，你拿去吧。"

那老爷爷听了很激动，说："好孩子！我不饿。我喜欢听琴声。你弹的曲子如此好听！我就随着琴声找过来了。对不起，打扰你了！"

"谢谢爷爷！"艾丽娅很高兴有人夸她。

一会，那老爷爷又说："不瞒你说孩子，我以前跟许多人抄过乐谱，他们都说我抄的乐谱好弹。孩子，你如果有乐谱要抄，我可以帮助你。"

第四辑 社会生活类

果然，老爷爷抄的乐谱好弹极了！艾丽娅越弹越高兴，琴也越弹越好。

一天，那老爷爷把抄好的乐谱送过来，对艾丽娅爸爸说："先生，你的孩子很有音乐天赋，给她找一个好老师指点指点，才更好。"

艾丽娅爸爸说："我本想请音乐学院著名钢琴家吉斯尔先生，给她指点指点的，吉斯尔先生是世界上一流的钢琴家！可去了五六次，他一次也不愿意见我，哎！没办法！"

那老爷爷想了想，说："这样吧，我给你写封信，他见了这封信，也许会见你的。"

艾丽娅爸爸半信半疑，拿着那老爷爷的信，来到音乐学院找吉斯尔教授。

走到学院大门，门卫不让进。

艾丽娅爸爸拿出那老爷爷的信。

门卫一看，马上十分热情地把艾丽娅父女俩，一直送到吉斯尔教授的钢琴大楼。

在楼下，艾丽娅马上站住了。天！从楼里传出来的琴声，简直就是天籁之音！她一点不知道，世界上还有人能弹出这么好听的音乐！啊！简直太美妙了！太动听了！自己哪天能弹出这么好的曲子呀！

"爸爸，快进去吧！"艾丽娅兴奋地拉着爸爸的手往楼上跑。

到了楼门口，两个值班的学生问他们有什么事。

"我们要找吉斯尔教授。"

值班学生说，吉斯尔教授正在练琴，不接待任何人。

艾丽娅爸爸拿出那老爷爷写的信。

两个值班学生一看，说了声对不起，就把艾丽娅父女一直领到

会飞的小花帽

吉斯尔教授跟前。

吉斯尔教授刚一转面,艾丽娅爸爸和艾丽娅同时吓了一跳——天!这不就是抄乐谱的那个老爷爷吗?天!原来他就是著名钢琴家吉斯尔教授!?

吉斯尔教授温和地摸了摸艾丽娅的头,说:"请坐,我的小客人。"又对艾丽娅爸爸说,"对不起先生,不要怪我几次都没有见你们。孩子要学琴,先做人。我已经知道你的孩子的音乐天赋,但我还看看她的为人才放心。请不要怪我这么做先生。好了,我放心了,你的孩子将来一定能够成为世界上最杰出的钢琴家!"

"谢谢您吉斯尔教授!"艾丽娅爸爸十分感动。

收购作家

收购作家,这个标题看上去有点那个,作家是人,也不是鸡蛋,怎么就有人收购呢?这是一个奇异的故事。

走进编辑部,就有进局子的那种感觉。见到每一个编辑(哪怕不是编辑,大字不识一个的扫楼梯的)他都要给人让路,叫老师好。

那个胖胖的编辑,人很和善,坐在稿堆后边看稿,看不见脸,只看见光光的头顶。送稿的小伙儿走进门,就连忙站起来,给送稿的小伙儿倒来一杯水。笑笑,接过他手里那把纸卷卷,拿到桌子后边去看。

第四辑　社会生活类

送稿小伙就将那杯水平平地放在两腿间，不喝。眼看着脚上那双快要顶出脚趾的破解放鞋，静静地听胖编辑"哗！哗"翻纸声。

听声音，送稿小伙知道，胖编辑没认真看，认真看，没这么快。

胖编辑确实没认真看，他无法认真看，十几万字的纸卷卷，一会就翻完了。

"老师，能发表吗？"送稿小伙子大胆地问。

胖编辑停了一会，说："能不能发表，这要看你改的潜力有多大。稿子不是写出来的，是改出来的。一个作家不是写出来的，也是改出来的。"

"这么说，不能发表吗？"送稿小伙很失望。

胖编辑仍很温和，说："现在不能发表，不等于将来不能发表。你的稿子，每一页上有七八个错别字，你的语文知识好像不太扎实。你懂我的意思吗？"

送稿小伙子彻底失望了，说："我懂，你是说我水平太低，不是当作家的料，对吗老师？"

"也不全是，作家虽然不都是科班出身，但基本的文化水平还是应该具备的，我仅仅认为你现在还不适合当作家。有一个哲学家曾经说过这样的话，在一万个人当中，有十个科学家，十个经济学家，或者十个总经理、董事长，这一万个人的日子就会好过多了。如果一万个人当中，有十个作家或者十个诗人，这一万个人会越活越糊涂。我想，你也可以去做一点小生意，先解决自己温饱问题，然后再考虑当作家，你说对吗？"

送稿小伙子走了，送稿小伙子把稿子也带走了，送稿小伙子走后，就没有再到编辑部来过，胖编辑感到很后悔，悔不该当着面对人家说那些很伤感的话，要是他一时想不开，怎么办？

会飞的小花帽

这事，一过就过了好几年，胖编辑快退休了。

这天，胖编辑突然收到一封广告信：

"我公司为了进一步弘扬祖国文学事业，自即日起，大量收购作家。凡具有市级以上作家协会会员资格的作家，均可报名。经专家检验合格者，将成为我公司常年合同制作家。合同期内规定创作的作品，凡达到出版、发表水平者，一律由本公司负责出版。"

现在的球广告，要多混蛋有多混蛋，你说这种广告，看了让人生不生气？什么不好收购，偏要收购作家？作家再不值钱，他毕竟是人，也不是生猪，不是鸡蛋，咋能明而公之地向社会做起收购来呢？

胖编辑气过后，想，妈的，这广告上有电话，有地址，何不去看看？自己写了多年却没钱出的那部长篇，放在抽屉里也是叫虫咬，不如拿出去碰碰运气。

胖编辑拿着那张广告纸，找到那个收购作家的公司。

公司里的一个小姐很客气地接待了他，说他们是一家刚开张不久的公司，公司主要经营作家。

胖编辑听了这话，又气得一阵哆嗦，不凉不热地说了一句："你们经营死的，还是经营活的？"

那小姐听了一笑，说："先生您真幽默，我们哪能经营死的呢？当然是经营活的喽。"

"活的要饭吃，你们用什么给作家饭吃？"

"这个，我们总经理早就筹划好了，。没这个经济实力，他也不会出广告，对吧？"

"你们总经理在哪，我要跟他当面说。"

"我们总经理出去有点事，马上就回来。"

第四辑　社会生活类

话音刚落，只见一辆黑色豪华奥迪停在公司门口，车门一开，走下一位非常入时的小老板来，棕色西服，棕色眼镜，棕色皮鞋。进了屋，把眼镜一摘，差点没把胖编辑惊晕过去——他就是曾经到编辑部送稿的那个乡下小伙子。